周作人著作

谈龙集

钟叔河——编订

岳麓书社·长沙

开明本《谈龙集》

编者的话

钟叔河

一九八七年一月七日《光明日报》上，岳麓书社刊出了我拟稿的一帧广告（左图），宣布了书社和我对重印周作人著作的观点：

“人归人，文归文。周作人其人的是非功过是另一问题，其书的主要内容是对传统文化和国民性进行反思，对中国—西方和中国—日本的文化历史进行比较研究，今之读者却不可不读。……”

随即便开始出书。既出周作人著作的单行本，也出精装合订本。两年之间，出了二十四种。

书当然不是想出便能出的，得按规矩，走程序。周家授权了，报告批复了，宋木文、杨牧之、伍杰各位领导都当面或来信表示应允和支持了，便能够出了。

出就得出好。当时强调了两条：（一）因为均系据旧本重印，所以一定要认真校订，尽力改正旧本误植失校的错误；（二）因为手稿不存，无法对勘，所以一定要详出校记，改动处一概保留原文，承担责任。

这两条，读者看来大都是认可的。直到如今，在旧书网上，八十年代“岳麓版”的周作人著作，始终都卖得不错。

现在，岳麓书社决定又来重版周作人著作，仍然要我负责编订，做法则一仍其旧。还是这些书，还是这两条，新的广告也就不必再做了。

鄢琨君三十年前和我同编了这些书，此次仍然合作，所有案头工作都是他做，各书重版说明也多是他写的。校记原列表在书末，如今改作尾注。鄢君新增校改之处，标出“鄢校”，特此说明，并志感谢。

二〇一八年五月十五日于长沙。

重版说明

《谈龙集》，一九二七年十二月开明书店初版，有序言一篇，收一九一八年至一九二七年间所作文四十四篇。

作者在序中说："近几年来所写的小文字，已经辑集的有《自己的园地》等三册（即《自己的园地》《雨天的书》和《泽泻集》）一百二十篇，又《艺术与生活》里二十篇，但此外散乱着的还有好些，今年暑假中发心来整理他一下，预备再编一本小册子出来。等到收集好了之后一看，虽然都是些零星小品，篇数总有一百五六十，觉得不能收在一册里头了，只得决心叫他们'分家'，将其中略略关涉文艺的四十四篇挑出，另编一集，叫作《谈龙集》。"可见这乃是一册"关涉文艺"的论文集，但仍然并不缺乏散文随笔的审美意味。

《自己的园地》晨报本原有“杂文二十篇”中《文艺批评杂话》《地方与文艺》等十一篇，之所以被从北新本中抽出，改入本集，看来也是为了“以类相从”的缘故。

本社曾于一九八九年一月据开明本校订印行，此次仍据该版加校重版。

目　录

序

近几年来所写的小文字，已经辑集的有《自己的园地》等三册一百二十篇，又《艺术与生活》里二十篇，但此外散乱着的还有好些，今年暑假中发心来整理他一下，预备再编一本小册子出来。等到收集好了之后一看，虽然都是些零星小品，篇数总有一百五六十，觉得不能收在一册里头了，只得决心叫他们“分家”，将其中略略关涉文艺的四十四篇挑出，另编一集，叫作《谈龙集》，其馀的一百十几篇留下，还是称作《谈虎集》。

书名为什么叫做谈虎与谈龙，这有什么意思呢？这个理由是很简单的。我们（严格地说应云我）喜谈文艺，实际上也只是乱谈一阵，有时候对于文艺本身还不曾明了，正如我们著《龙经》，画水墨龙，若问龙是怎样的一种东西大家都没有看见过。据说从前有一位叶公，很喜欢龙，弄得一屋子里尽是雕龙画龙，等得真龙下降，他反吓得面如土色，至今留下做人家的话柄。我恐怕自已也就是这样地可笑。但是这一点我是明白的，我所谈的压根儿就是假龙，不过姑妄谈之，并不想请他来下雨，或是得一块的龙涎香。有人想知道真龙的请去找豢龙氏去，我这里是找不到什么东西的。我就只会讲空话，现在又讲到虚无飘渺的龙，那么其空话之空自然更可想而知了。

《谈虎集》里所收的是关于一切人事的评论。我本不是什么御史或监察委员，既无官守，亦无言责，何必来此多嘴，自取烦恼？我只是喜欢讲话，与喜欢乱谈文艺相同，对于许多不相干的事情，随便批评或注释几句，结果便是这一大堆的稿子。古人云，谈虎色变，遇见过老虎的人听到谈虎固然害怕，就是没有遇见过的谈到老虎也难免心惊，因为老虎实在是可怕的东西，原是不可轻易谈得的。我这些小文，大抵有点得罪人得罪社会，觉得好像是踏了老虎尾巴，私心不免惴惴，大有色变之虑，这是我所以集名谈虎之由来，此外别无深意。这一类的文字总数大约在二百篇以上，但是有一部分经我删去了，小半是过了时的，大半是涉及个人的议论；我也曾想拿来另编一集，可以表表在“文坛”上的一点战功，但随即打消了这个念头，因为我的绅士气（我原是一个中庸主义者）到底还是颇深，觉得这样做未免太自轻贱，所以决意模仿孔仲尼笔削的故事，而曾经广告过的《真谈虎集》于是也成为有目无书了。

《谈龙》《谈虎》两集的封面画都是借用古日本画家光琳（Korin）的，在《光琳百图》中恰好有两张条幅，画着一龙一虎，便拿来应用，省得托人另画。——《真谈虎集》的图案本来早已想好，就借用后《甲寅》的那个木铎里黄毛大虫。现在计划虽已中止，这个巧妙的移用法总觉得很想的不错，废弃了也未免稍可惜，只好在这里附记一下。

民国十六年十一月八日，周作人，于北京苦雨斋。

文艺批评杂话

一

中国现代之缺乏文艺批评，是一件无可讳言的事实。在日报月刊上尽管有许多批评似的文字，但是据我看来，都不能算是理想的文艺批评。我以为真的文艺批评，本身便应是一篇文艺，写出著者对于某一作品的印象与鉴赏，决不是偏于理智的论断。现在的批评的缺点大抵就在这一点上。

其一，批评的人以为批评这一个字就是吹求，至少也是含着负的意思，所以文章里必要说些非难轻蔑的话，仿佛是不如此便不成其为批评似的。这些非难文所凭借的无论是旧道德或新文化，但是看错了批评的性质，当然不足取了。

其二，批评的人以为批评是下法律的判决，正如司法官一般；这个判决一下，作品的运命便注定了。

在从前主义派别支配文艺界的时代，这样的事确是有过，如约翰孙别林斯奇等便是这一流的贤吏。但在现代这种办法已不通行，这些贤吏的少见那更不必说了。

这两种批评的缺点，在于相信世间有一种超绝的客观的真理，足为万世之准则，而他们自己恰正了解遵守着这个真理，因此被赋裁判的权威，为他们的批评的根据，这不但是讲“文以载道”或主张文学须为劳农而作者容易如此，固守一种学院的理论的批评家也都免不了这个弊病。我们常听见人拿了科学常识来反驳文艺上的鬼神等字样，或者用数学方程来表示文章的结构：这些办法或者都是不错的，但用在文艺批评上总是太科学的了。科学的分析的文学原理，于我们想理解文学的人诚然也是必要，但决不是一切。因为研究要分析，鉴赏却须综合的。文学原理，有如技术家的工具，孟子说：“大匠与人以规矩，不能与人巧。”我们可以应用学理看出文艺作品的方圆，至于其巧也就不能用规矩去测定他了。科学式的批评，因为固信永久不变的准则，容易流入偏执如上文所说，便是最好的成绩，也是属于学问范围内的文艺研究，如文学理论考证史传等，与文艺性质的文艺批评不同。陶渊明诗里有两句道：“奇文共欣赏，疑义相与析。”所谓文艺批评便是奇文共欣赏，是趣味的综合的事，疑义相与析，正是理智的分析的工作之一部分。

真的文艺批评应该是一篇文艺作品，里边所表现的与其说是对象的真相，无宁说是自己的反应。法国的法兰西在他的批评集序上说：

> 据我的意思，批评是一种小说，同哲学与历史一样，给那些有高明而好奇的心的人们去看的；一切小说，正当的说来，无一非自叙传，好的批评家便是一个记述他的心灵在杰作间之冒险的人。
>
> 客观的批评，同客观的艺术一样的并不存在。那些自骗自的相信不曾把他们自己的人格混到著作里去的人们，正是被那最谬误的幻见所欺的受害者，事实是：我们决不能脱去我们自己。这是我们的最大不幸之一。倘若我们能够一刹那间用了苍蝇的多面的眼睛去观察天地，或者用了猩猩的简陋的头脑去思索自然，那么，我们当然可以做到了。但是这是绝对的不可能的。我们不能像古希腊的铁勒西亚斯生为男人而有做过女人的记忆。我们被关闭在自己的人格里，正如在永久的监狱里一般。我们最好，在我看来，是从容

> 的承认了这可怕的境况，而且自白我们只是说着自己，每当我们不能再守沉默的时候。
>
> 老实地，批评家应该对人们说，诸位，我现在将要说我自己，关于沙士比亚，关于拉辛，或巴斯加耳或歌德了。至少这个机会总是尽够好了。

这一节话我觉得说的极好，凡是作文艺批评的人都应该注意的。我们在批评文里很诚实的表示自己的思想感情，正与在诗文上一样，即使我们不能把他造成美妙的文艺作品，总之应当自觉不是在那里下判决或指摘缺点。

二

我们凭了人间共通的情感，可以了解一切的艺术作品，但是因了后天养成的不同的趣味，就此生出差别，以至爱憎之见来。我们应当承认这是无可奈何的事，不过同时也应知道这只是我们自己主观的迎拒，不能影响到作品的客观的本质上去，因为他的绝对的真价我们是不能估定的。许多司法派的批评家硬想依了条文下一个确定的判决，便错在相信有永久不易的条文可以作评定文艺好坏的标准，却不知那些条文实在只是一时一地的趣味的项目，经过多数的附和，于是成为权威罢了。这种趣味当初尽有绝大的价值，但一经固定，便如化石的美人只有冷而沉重的美，或者不如说只有冷与沉重迫压一切强使屈服而已。现在大家都知道称赏英国济慈（Keats）的诗了，然而他在生前为“批评家”所痛骂，至于有人说他是被骂死的，这或是过甚之词，但也足以想见攻击的猛烈了。我们看着现代的情形，想到济慈被骂死的事件，觉得颇有不可思议的地方：为什么现在的任何人都能赏识济慈的诗，那时的堂堂《勃拉克乌特杂志》(*Blackwood's Magazine*) 的记者却会如此浅陋，不特不能赏识而且还要痛骂呢，难道那时文艺批评家的见识真是连此刻的商人还不如么？大约不是的罢。这个缘故是，那时的趣味是十八世纪的，现在的却是济慈以后的十九世纪的了；至于一般批评家的程度未必便很相远，不过各自固执着同时代的趣味，表面上有点不同罢了。现代的批评家笑着《勃拉克乌特》记者的无识，一面却凭着文学之名，尽在那里痛骂异趣味的新“济慈”，这种事情是常有的。我们在学校社会教育各方面无形中养成一种趣味，为一生言行的指针，原是没有什么希奇，所可惜者这种趣味往往以“去年”为截止期，不肯容受“今天”的事物，而且又不承认这是近代一时的趣味，却要当他作永久不变的正道，拿去判断一切，于是济慈事件在文艺史上不绝书了。所以我们在要批评文艺作品的时候，一方面想定要诚实的表白自己的印象，要努力于自己表现，一方面更要明白自己的意见只是偶然的趣味的集合，决没有什么能够压服人的权威；批评只是自己要说话，不是要裁判别人：能够在文艺批评里具备了诚和谦这两件事，那么《勃拉克乌特》记者那样的失策庶几可以免去了罢。

以上的话，不过为我们常人自己知道平凡的人而说，至于真是超越的批评家当然又当别论了。我们常人的趣味大抵是“去年”的，至多也是“当日”（Up to date）的罢了，然而“精神的贵族”的诗人，他的思想感情可以说是多是“明天”的，因此这两者之间常保有若干的距离，不易接触。我们鉴于文艺史上的事件，学了乖巧，不肯用了去年的头脑去呵斥明天的思想，只好直抒所感的表白一番，但是到了真是距离太远的地方，也就不能再说什么了，在这时候便不得不等真的批评家的出现，给我们以帮助。他的批评的态度也总具着诚与谦这两件，唯因为他也是“精神的贵族”，他的趣味也超越现代而远及未来，所以能够理解同样深广的精神，指示出来，造成新的趣味。有些诗人当时被人骂倒而日后能够复活，或且成为偶像的，便都靠有这样的真批评家把他从泥里找寻出来。

不过这是不可勉强的事，不是人人所做得到的。平凡的人想做这样的真批评家，容易弄巧成拙，不免有弃美玉而宝燕石的失着。只要表现自己而批评，并没有别的意思，那便也无妨碍，而且写得好时也可以成为一篇美文，别有一种价值。别的创作也是如此，因为讲到底批评原来也是创作之一种。

（一九二三年二月）

地方与文艺

中国人平常都抱地方主义，这是自明的事实。最近如浙江一师毒饭事件发生后，报上也载有死者的同乡会特别要求什么立碑建祠，正是一个好例。在现今这样的时势之下，再来提倡地方主义的文艺，未免心眼太狭了，决不是我的本意。我所要说的，只是很平凡的话，略说地方和文艺的关系罢了。

风土与住民有密切的关系，大家都是知道的：所以各国文学各有特色，就是一国之中也可以因了地域显出一种不同的风格，譬如法国的南方普洛凡斯的文人作品，与北法兰西便有不同，在中国这样广大的国土当然更是如此。这本是不足为奇，而且也是很好的事。我们常说好的文学应是普遍的，但这普遍的只是一个最大的范围，正如算学上的最大公倍数，在这范围之内，尽能容极多的变化，决不是像那不可分的单独数似的不能通融的。这几年来中国新兴文艺渐见发达，各种创作也都有相当的成绩，但我们觉得还有一点不足。为什么呢？这便因为太抽象化了，执着普遍的一个要求，努力去写出预定的概念，却没有真实的强烈地表现出自己的个性，其结果当然是一个单调。我们的希望即在于摆脱这些自加的锁杻，自由地发表那从土里滋长出来的个性。

现在只就浙江来说罢，浙江的风土，与毗连省分不见得有什么大差，在学问艺术的成绩上也是仿佛，但是仔细看来却自有一种特性。近来三百年的文艺界里可以看出有两种潮流，虽然别处也有，总是以浙江为最明显，我们姑且称作飘逸与深刻。第一种如名士清谈，庄谐杂出，或清丽，或幽玄，或奔放，不必定含妙理而自觉可喜。第二种如老吏断狱，下笔辛辣，其特色不在词华，在其着眼的洞彻与措语的犀利。在明末时这种情形很是显露，虽然据古文家看来这时候文风正是不振，但在我们觉得这在文学进化上却是很重要的一个时期，因为那些文人多无意的向着现代语这方向进行，只是不幸被清代的古学潮流压倒了。浙江的文人略早一点如徐文长，随后有王季重张宗子都是做那飘逸一派的诗文的人物；王张的短文承了语录的流，由学术转到文艺里去，要是不被间断，可以造成近体散文的开始了。毛西河的批评正是深刻一派的代表。清朝的西泠五布衣显然是飘逸的一派，袁子才的声名则更是全国的了，同他正相反的有章实斋，我们读《妇学》很能明白他们两方面的特点，近代的李莼客与赵益甫的抗争也正是同一的关系。俞曲园与章太炎虽然是师弟，不是对立的时人，但也足以代表这两个不同的倾向。我们不作文学史的严密的研究，只是随便举出一点事实以为一例。大抵不是什么派的道学家或古文学，较少因袭的束缚，便能多少保全他的个性，他的著作里自然地呈现出这些特色。道学家与古文家的规律，能够造出一种普遍的思想与文章，但是在普遍之内更没有别的变化，所以便没有艺术的价值了。这一件事实在足以给我们一个教训，因为现在的思想文艺界上也正有一种普遍的约束，一定的新的人生观与文体，要是因袭下去，便将成为新道学与新古文的流派，于是思想和文艺的停滞就将起头了。我们所希望的，便是摆脱了一切的束缚，任情地歌唱，无论人家文章怎样的庄严，思想怎样的乐观，怎样的讲爱国报恩，但是我要做风流轻妙，或讽刺谴责的文字，也是我的自由，而且无论说的是隐逸或是反抗，只要是遗传环境所融合而成的我的真的心搏，只要不是成见的执着主张派别等意见而有意造成的，也便都有发表的权利与价值。这样的作品，自然的具有他应具的特性，便是国民性，地方性与个性，也即是他的生命。

我们不能主张浙江的文艺应该怎样，但可以说他总应有一种独具的性质。我们说到地方，并不以籍贯为原则，只是说风土的影响，推重那培养个性的土之力。尼采在《察拉图斯忒拉》中说："我恳愿你们，我的兄弟们，忠于地。"我所说的也就是这"忠于地"的意思，因为无论如何说法，人总是"地之子"，不能离地而生活，所以忠于地可以说是人生的正当的道路。现在的人太喜欢凌空的生活，生活在美丽而空虚的理论里，正如以前在道学古文里一般，这是极可惜的，须得跳到地面上来，把土气息泥滋味透过了他的脉搏，表现在文字上，这才是真实的思想与文艺。这不限于描写地方生活的"乡土艺术"，一切的文艺都是如此，或者有人疑惑，我所说的近于传统主义，便是中国人最喜欢说的国粹主义。我答他说，决不。我相信，所谓国粹可以分作两部分，活的一部分混在我们的血脉里，这是趣味的遗传，自己无力定他的去留的，当然发表在我们一切的言行上，不必等人去保存他；死的一部分便是过去的道德习俗，不适宜于现在，没有保存之必要，也再不能保存得住。所以主张国粹只是说空话废话，没有一顾的价值。近来浙江也颇尽力于新文学，但是不免有点人云亦云的样子，我希望以后能够精进，跳出国粹乡风这些成见以外，却真实地发挥出他的特性来，造成新国民文学的一部分。

一九二三年三月二十二日，为杭州《之江日报》十周纪念作。

三个文学家的记念

今年里恰巧有三个伟大人物的诞生一百年记念，因此引起了我的一点感想来。记念，——就是限定在文艺的国土内，也是常有的事，即如世间大吹大擂的但丁六百年记念，便是其一。但是现在所说的三个人，并非文艺史上的过去的势力，他们的思想现在还是有生命有意义，是现代人的悲哀而真挚的思想的源泉，所以更值得记念。这三个人是法国的弗罗倍尔（Flaubert），俄国的陀思妥也夫斯奇（Dostoievski），法国的波特来耳（Baudelaire）。

弗罗倍尔的生日是十二月十二日，在三人中他最幼小，但在事业上却是他最早了。他于一八五六年发表《波伐理夫人》，开自然主义的先路，那时陀思妥也夫斯奇还在西伯利亚做苦工，波特来耳的《恶之华》也正在草稿中呢。他劳作二十年，只成了五部小说，真将生命供献于艺术，可以说是文艺女神的孤忠的祭司。人生虽短而艺术则长。他的性格，正如丹麦批评家勃兰特思所说，是用两种分子合成：

> 对于愚蠢的火烈的憎恨，和对于艺术的无限的爱。这个憎恨，与凡有的憎恨一例，对于所憎恨者感到一种不可抗的牵引。各种形式的愚蠢，如愚行、迷信、自大、不宽容，都磁力似的牵引他，感发他。他不得不一件件的把他们描写出来。

他不是厌世家，或虚无主义者，却是一个愚蠢论者（Imbecilist），这是怎样适切的一个社会批评家的名称呵！他又梦想斯芬克思（Sphinx）与吉迈拉（Chimaira）——科学与诗——的拥抱，自己成了冷静而敏感，爱真与美的“冷血的诗人”。这冷血的诗人两个字，以前还未曾联合在一处，在他才是初次；他不但不愧为莫泊桑之师，也正是以后与当来的诗人之师了。

陀思妥也夫斯奇生于俄历十月三十日，即新历的十一月十一日。他因为读社会主义的书，被判处死刑，减等发往西伯利亚苦工十年。饥寒、拷打，至发颠痫，又穷困以至于死，但是他不独不绝望厌世，反因此而信念愈益坚定，造成他独一的爱之福音。文学上的人道主义的思想的极致，我们不得不推重陀思妥也夫斯奇，便是托尔斯泰也还得退让一步。他所做的长短十几篇的小说，几乎无一不是惊心动魄之作。他的创作的动机正如武者小路所说，是“从想肯定人生的这寂寞与爱而生的。……陀思妥也夫斯奇的最后的希望，是从他想怎样的不要把生而为人的事当作无意味的事情这一个努力而来的”。安特来夫在《小人物的自白中》说：“我对于运命唯一的要求，便是我的苦难与死不要虚费了。”这也可以说是陀思妥也夫斯奇的要求。他在小说里写出许多“被侮辱与损害的人”；他们虽然被人踏在脚下成了一块不干净的抹布，但“他那湿漉漉的折叠中，隐藏着灵妙的感情”，正同尔我一样。他描写下等堕落人的灵魂，表示其中还有光明与美存在。他写出一个人物，无论如何堕落，如何无耻，但总能够使读者发起一种思想，觉得书中人物与我们同是一样的人，使读者看了叹道：“他是我的兄弟！”这是陀思妥也夫斯奇著作的精义，他留给我们的最大的教训，是我们所应当感激记念的。（这节里多引用旧译《陀思妥也夫斯奇之小说》的文句，全文见《艺术与生活》。）

波特来耳是四月九日生的。他十年中的著作，评论、翻译以外，只有诗集《恶之华》一卷，《散文小诗》及《人工的乐园》各一卷。他的诗中充满了病的美，正如贝类中的真珠。他是后来颓废派文人的祖师，神经病学者隆勃罗梭所谓风狂的天才，托尔斯泰用了社会主义的眼光批评他说一点都不能了解的作家。他的染绿的头发与变态的性欲，我们只承认是一种传说（Legend），虽然他确是死在精神病院里。我们所完全承认而且感到一种亲近的，是他的“颓废的”心情，与所以表现这心情的一点著作的美。

> 波特来耳爱重人生，慕美与幸福，不异传奇派诗人。唯际幻灭时代，绝望之哀，愈益深切，而执着现世又特坚固，理想之幸福既不可致，复不欲遗世以求安息，故唯努力求生，欲于苦中得乐，于恶与丑中而得善美，求得新异之享乐，以激刺官能，聊保生存之意识。

他的貌似的颓废，实在只是猛烈的求生意志的表现，与东方式的泥醉的消遣生活，绝不相同。所谓现代人的悲哀，便是这猛烈的求生意志与现在的不如意的生活的挣扎。这挣扎的表现可以为种种改造的主义，在文艺上可以为弗罗倍尔的艺术主义，陀思妥也夫斯奇的人道主义，也就可以为波特来耳的颓废的“恶魔主义”了。

我在上面略述这三个伟大人物的精神，虽然未免近于做“搭题”，但我相信，在中国现在萧条的新文学界上，这三个人所代表的各派思想，实在是一服极有力的兴奋剂，所以值得记念而且提倡。

新名目的旧传奇（浪漫）主义，浅薄的慈善主义，正布满于书报上，在日本西京的一个朋友说，留学生里又已有了喝加非茶以代阿布散酒（Absinth）的自称颓废派了。各人愿意提倡那一派，原是自由的事，但现在总觉得欠有切实的精神，不免是“旧酒瓶上的新招帖”。我希望大家各因性之所好，先将写实时代的自然主义人道主义，或颓废派的代表人物与著作，略加研究，然后再定自己进行的方针。便是新传奇主义，也是受过写实的洗礼，经由颓废派的心情而出的，所以对于这一面也应该注意，否则便容易变成旧传奇主义了。我也知道这些话是僭越的，但因为这三个文学家的记念的感触，觉得不能不说了，所以聊且写出以宽解自己的心。

（一九二一年十一月十一日）

诗人席烈的百年忌

英国诗人席烈（Percy Bysshe Shelley）死在意大利的海里，今年是整整的一百年了。他的抒情诗人的名誉，早已随着他的《西风之歌》和《与百灵》等名篇，遍传世界，在中国也有许多人知道，可以不必重述，现在只就他的社会思想方面略说几句。

席烈生于一七九二年，在大学的时候，刊行一篇五页的论文，题云《无神论之必要》，为当局所恶，受退学的处分，又和他妹子的一个女同学自由结婚，不见容于家庭。其后他们因为感情不合，又复离别，席烈便和哲学的无政府主义者戈德文（Godwin）的女儿玛利结婚，寄寓意大利，做了许多诗曲；一八二二年七月八日，同友人泛舟，遇风沉没，至十八日找到尸身，因衣袋中有希腊索福克勒思的悲剧和济慈的诗集，证明是席烈，于是便在那里火葬了。

席烈是英国十九世纪前半少数的革命诗人，与摆伦（Byron）并称，但其间有这样的一个差异：摆伦的革命，是破坏的，目的在除去妨碍一己自由的实际的障害；席烈是建设的，在提示适合理性的想像的社会，因为他是戈德文的弟子，所以他诗中的社会思想多半便是戈德文的哲学的无政府主义。戈德文在《政治的正义之研究》里主张极简单的共同生活，在现在的术语分类，可以说是无政府的共产主义，但他主张性善，又信托理性与劝喻的力，所以竭力反对暴力，以无抵抗的感化为实现的手段。席烈心中最大的热情即在湔除人生的苦恶（据全集上席烈夫人序文），这实在是他全个心力之所灌注；他以政治的自由为造成人类幸福之直接的动原，所以每一个自由的新希望发生，常使他感到非常的欣悦，比个人的利益尤甚。但是他虽具这样强烈的情热，因其天性与学说的影响，并不直接去作政治的运动，却把他的精力都注在文艺上面。他的思想，在两篇长诗里说的很是明了，其一是《伊思拉谟的反抗》，记拉安与吉忒那二人的以身殉其主义。他们纯用和平的劝喻使被治者起而逐去暴君，迨至反动复来，他们为敌人所得，仍是无抵抗的就死。他们虽然失败了，但他相信这种精神不会失败，将来必有胜利的时候。他在篇中说拉安进逼暴君，侍臣皆逃：

一个较勇敢的，举起钢刀

将刺这生客。“可怜的人，

你对我干什么事呢?”——镇静，庄重而且严厉的，

这声音解散了他的筋力，他抛下了

他的刀在地上，恐慌的失了色，

于是默然的坐着了。

戈德文在《政治的正义》里记着相类的一件事，说当兵士进玛留士的狱室去杀他的时候，他说：“汉子，你有杀玛留士的胆量么?”兵士闻言愕然，不敢下手；即是同一的思想。其二是《解放的普洛美透思》，系续希腊爱斯吉洛思（Aischylos）三部曲中《束缚的普洛美透思》而作，借了古代神话的材料来寄托他的哲学的。普洛美透思从太阳偷了火来给人类，触怒宙斯大神（即罗马的由比忒尔），被缚在高加索山上，受诸苦刑，古代传说谓其后以运命之秘密告宙斯，因得解放，但席烈以为人类之战士而去与人类之压迫者妥协，不足为训，故改变旧说，宙斯终为德谟戈尔刚所倒，普洛美透思复得自由，于是黄金世界遂开始了。第三幕末云：

可嫌恶的假面落下了，

人都是无笏的，自由，无拘束的，

只是相等的人，不分阶级，没有部落，也没有国家，

离去了畏惧，崇拜与等级，

是自己的王，正直，和善而聪明。

关于女人的情状，又这样的说：

口说先前不能想到的智慧，

眼看先前怕敢感着的情绪，

身为先前不敢做的人，

她们即在现今使这地下正如天上了。

第四幕末德谟戈尔刚话中的一节，即是达到这个目的的路，也就是席烈的人生哲学的精义。

忍受“希望”以为无限的苦难，

饶恕比死或夜更暗的委屈，

反抗似乎万能的“强权”，

爱而且承受；希望下去，

直至“希望”从他自己的残馀创造出他所沉思的东西；

不要改变，不要踌躇，也不要后悔；

这正如你的光荣，

将是善，大而愉乐，美而自由；

只此是生命，愉乐，皇国与胜利。

他的无抵抗的反抗主义，在《无政府的假面》里

说得最是明了，如第八十五六节云：

笼着两手，定着眼睛，
不必恐慌，更不必出惊，
看着他们的杀人，
直等到他们的怒气平了。

×

那时他们将羞惭的回去，
回到他们出来的地方，
而且这样所流的鲜血
将显露在他们红热的颊上了。

这样纯朴虔敬的联句，几乎令人疑是出于勃来克（Blake）之笔。这个思想，我称他作无抵抗的反抗主义，因为他不主张暴力的抵抗，而仍是要理性的反抗，这便是一切革命的精神的本源。他还有一篇《与英国人》的诗，意思却更为激烈了。

我写这一篇小文，似乎不免偏重，但我决不看过别一方面，承认他终究是诗人之诗人，不过因为关于他的社会思想尚少有人说及，所以特别说一番罢了。社会问题与文艺的关系，席烈自己在《解放的普洛美透思》序里说得最好，现在抄译一节：

或者以为我将我的诗篇专作直接鼓吹改革之用，或将他看作含着一种人生理论的整齐的系统，那都是错误的。教训诗是我们所嫌恶的东西；凡在散文里一样的能够说得明白的，在诗里没有不是无聊而且多事。我的目的只在使……读者的精炼的想像略与有道德价值的美的理想相接；知道非等到人心能够爱，能够感服，信托，希望以及忍耐，道德行为的理论只是撒在人生大路上的种子，无知觉的行人将把他们踏成尘土，虽然他们会结他的幸福的果实。

由此可知社会问题以至阶级意识，都可以放进文艺里去，只不要专作一种手段之用，丧失了文艺的自由与生命，那就好了。席烈自己正是这样的一个理想的人，现在且引他末年所作的一首小诗，当做结末的例。

挽歌

太切迫的悲哀，不能再歌吟了，
大声悲叹着的烈风呵；
阴沉的云正是彻夜的
撞着丧钟的时候的狂风呵；
眼泪是空虚的悲哀的风暴，
挺着枝条的裸露的树，
深的岩穴与荒凉的平野呵，——
都哀哭罢，为那人世的委屈罢！

（一九二二年七月）

森鸥外博士

据日本新闻的报道，森鸥外博士于本月十日去世了，这实在是东亚文坛的一件极可惋惜的事。

森鸥外（Mori Ogai）名林太郎，生于一八六〇年，毕业医科大学，留学德国，专研究卫生学，归后进医学博士，后又授文学博士，任军医总监及东京博物馆长，今年七月十日以肾脏病卒，年六十三岁。

在日本近三十年的文学界上，森氏留下极大的功绩，与坪内逍遥博士并称。他在新文学初兴的时候供著许多精密的介绍翻译，到后来自然主义兴起，风靡一时，他以超然的态度，独立著作，自成一家，但一方面翻译欧洲大陆的作品仍不稍懈，最著名者有丹麦安徒生的《即兴诗人》，德国哥德的《浮斯忒》《哥德传》及《浮斯忒考》等，此外《一幕物》《现代小品》《十人十话》与《蛙》等亦均有名。著作则有戏剧《我的一幕物》，小说集《涓滴》（后改题《还魂录》)，《走马灯与分身》《高濑舟》，长篇《青年》及《雁》，传记故事《天保物语》《山房札记》等数十种。

《涓滴》在一九一〇年出版，其中有《杯》及《游戏》二篇最可注意，因为他著作的态度与风格在这里边最明显的表现出来了。拿着火山的熔岩色的陶杯的第八个少女，不愿借用别人的雕着“自然”二字的银杯，说道，“我的杯并不大，但是我用我自己的杯饮水”，这即是他的小影。《游戏》里的木村，对于万事总存着游戏的心情，无论作什么事，都是一种游戏，但这乃是理知的人的透明的虚无的思想，与常人的以生活为消遣者不同，虽当时颇遭文坛上正统派的嘲弄，但是既系现代人的一种心情，当然有其存在的价值。这种态度与夏目漱石的所谓低徊趣味可以相比，两家文章的清淡而腴润，也正是一样的超绝，不过森氏的思想保守的分子更少，如在《沉默之塔》一篇里可以看出。这篇原来登在生田长江译尼采的《札拉图斯忒拉》上，当作序文，有汉译，收在《现代日本小说集》中。

《走马灯与分身》(1913)系两部合成，《走马灯》凡八篇，记人世的情状，《分身》六篇，写自己的经验，觉得最有兴趣。读《妄想》《食堂》与《田乐豆腐》诸篇，主人公的性情面目，宛然如在目前，这种描写的手法正是极不易及。《高濑舟》（1918）的内容，大半与《走马灯》相类，但其中有《鱼玄机》《寒山拾得》诸作，采用古代的材料，编成新的故事，已经是《山房札记》的先声了。《山房札记》（1919）一类的书，以事实的考证为重，所以称他为传记故事，《鱼玄机》等却是小说。现代作这一体小说的人也颇不少，唯芥川龙之介做的最多也最好，文章又颇有与森相似的地方，所以被称作第二的森鸥外，然而做《分身》一类的人却是现在没有了。

森氏的著作中间，有一篇不曾编入集里的小说，最使我注意的，是那九十四页的短篇 *Vita Sexualis*（《性的生活》）。这一篇作品系登在文艺杂志《昴》（*Subaru*）一卷七号（一八九九年七月）上，这杂志本是森鸥外与谢野宽和晶子木下杢[①]太郎诸人组织，由石川啄木编辑的。但是这一号才发行出去，内务部即认定《性的生活》是坏乱风俗的文章，立刻禁止发卖，将他没收了。所以后来小说集里没有这篇，而且在外边流传的也颇稀少，在禁止的一年后，我听发行的书店里的人说，有人想要搜求，已经非出六倍的价不可了。《性的生活》是《分身》一类的作品，金井君自叙六岁至二十一岁的性的知识的经验，欲作儿子的性的教育的资料，由我看来实在是一部极严肃的，文学而兼有教育意义的书，也非森氏不能写的。但是医学博士兼文学博士的严肃的作品，却被官吏用警眼断定是坏乱风俗而禁止了。原文的末节云：

> 他读完原稿之后，心想将这个发表出去么？这很为难罢。有些事情，大家都做着，却都不说的。而且自己也挂名在为谨慎所支配住的教育界里，这很为难罢。那么无意中给儿子去读，也可以么？如给他去读，那也未必有什么不可以给他读的事情。但是读了之后，儿子的心理现出来的效果如何，却是不能预先测知的。倘若读了这个的儿子，成为他的父亲一般，那么怎样？这是幸呢，还是不幸呢？兑美尔（Dehmel）的诗里曾说："不要服从他，不要服从他！"也不愿给儿子读了。
>
> 金井君拿起笔来，在书面上用拉丁文大书道 Vita Sexualis，于是訇的抛进箱子里去了。

这篇里所写虽然只是一个理知的人的性的生活，但是一种很有价值的"人间的证券"，凡是想真实的生活下去的人都不应忽视的。这回编纂《鸥外全集》的时候，不知道日本当局有这理解力，能许他完全编入否？性的教育的实施方法，诚然还未能够决定，但理论是大抵确实了；教育界尚须从事筹备，在科学与文艺上总可以自由的发表了。然而世界各国的道学家误认人生里有丑恶的部分，可以做而不能说的，又固持“臭东西上加盖子”的主义，以为隐藏是最好的方法，因此发生许多反对与冲突。其实性的事情确是一个极为纤细复杂的问题，决不能够完全解决的，正如一条险峻的山路，在黑暗里走去固然人人难免跌倒，即使在光明中也难说没有跌倒的人，——不过可以免避的总免避过去了。道学家的意见，却以为在黑暗中跌倒，总比在光明中为好，甚至于觉得光明中的不跌倒还不及黑暗中的跌倒之合于习惯，那更是可笑了。因《性的生活》的禁止问题，连带的说及，与本题却已离远了。

（一九二二年七月二十四日）

【鄙校】

①“杢”原作“木”。

有岛武郎

阅七月九日的日本报纸，听说有岛武郎死了。我听了不禁大惊，虽然缘由不同，正与我十馀年前在神田路上买到一报号外，听说幸德秋水等执行死刑时同样的惊骇，因为他们的死不只是令我们惋惜。

有岛武郎（Arishima Takeo），生于明治十一年（1877），今年四十七岁。他在二十六岁时毕业于札幌农学校，往美国留学，归国后任母校的英文讲师八年，大正四年（1915）辞职，以后专致力于文学，他最初属于白桦一派，其后独立著作，所作汇刻为《有岛武郎著作集》，已出十四集，又独自刊行个人杂志曰《泉》。他曾经入基督教，又与幸德相识，受到社会主义思想。去年决心抛弃私有田产，分给佃户，自己空身一个人专以文笔自给：这都是过去的事情。六月八日外出旅行，以后便无消息，至七月七日，轻井泽管别庄的人才发见他同着一个女子缢死在空屋中，据报上说她是波多野夫人，名秋子，但的确的事还不知道。

有岛君为什么情死的呢？没有人能知道，总之未必全是为了恋爱罢。秋田雨雀说是由于他近来的“虚无的心境”，某氏说是“围绕着他的四周的生活上的疲劳与倦怠”，大约都有点关系。他留给他的母亲和三个小孩的遗书里说：

> 我历来尽力的奋斗了。我知道这回的行为是异常的行为，也未尝不感到诸位的忿怒与悲哀。但是没有法子，因为无论怎样奋斗，我终不能逃脱这个运命。我用了衷心的喜悦去接近这运命，请宥恕我的一切。

又致弟妹等信中云：

> 我所能够告诉你们的喜悦的事，便是这死并不丝毫受着外界的压迫。我们极自由极欢喜的去迎这死。现在火车将到轻井泽的时候，我们还是笑着说着，请暂时离开了世俗的见地来评议我们。

我们想知道他们的死的缘由，但并不想去加以判断：无论为了什么缘由，既然以自己的生命酬报了自己的感情或思想，一种严肃掩住了我们的口了。我们固然不应玩弄生，也正不应侮蔑死。

有岛君的作品我所最喜欢的是当初登在《白桦》上的一篇《与幼小者》。这篇和《阿末之死》均已译出，编入《现代日本小说集》里，此外只有我所译的一篇《潮雾》，登在《东方杂志》上，附录有他的一节论文，今节录于此，可以略见他对于创作的要求与态度。

> 第一，我因为寂寞，所以创作。……
>
> 第二，我因为欲爱，所以创作。……
>
> 第三，我因为欲得爱，所以创作。……
>
> 第四，我又因为欲鞭策自己的生活，所以创作。如何蠢笨而且缺乏向上性的我的生活呵！我厌倦了这个了。应该蜕弃的壳，在我已有几个了。我的作品给我做了鞭策，严重的给我抽打那冥顽的壳。我愿我的生活因了作品而得改造。

有岛君死了，这实在是可惜而且可念的事情。日本文坛边的“海乙那”（Hyaena）将到他的墓上去夜叫罢，“热风”又将吹来罢，这于故人却都已没有什么关系。其实在人世的大沙漠上，什么都会遇见，我们只望见远远近近几个同行者，才略免掉寂寞与虚空罢了。

（一九二三年七月）

《自己的园地》旧序

这一集里分有三部，一是“自己的园地”十八篇，一九二二年所作，二是“绿洲”十五篇，一九二三年所作，三是杂文二十篇，除了《儿童的文学》等三篇外，都是近两年内随时写下的文章。

这五十三篇小文，我要申明一句，并不是什么批评。我相信批评是主观的欣赏不是客观的检察，是抒情的论文不是盛气的指摘；然而我对于前者实在没有这样自信，对于后者也还要有一点自尊，所以在真假的批评两方面都不能比附上去。简单的说，这只是我的写在纸上的谈话，虽然有许多地方更为生硬，但比口说或者也更为明白一点了。

大前年的夏天，我在西山养病的时候，曾经做过一条杂感曰《胜业》，说因为“别人的思想总比我的高明，别人的文章总比我的美妙”，所以我们应该少作多译，这才是胜业。荏苒三年，胜业依旧不修，却写下了几十篇无聊的文章，说来不免惭愧，但是仔细一想，也未必然。我们太要求不朽，想于社会有益，就太抹杀了自己；其实不朽决不是著作的目的，有益社会也并非著者的义务，只因他是这样想，要这样说，这才是一切文艺存在的根据。我们的思想无论如何浅陋，文章如何平凡，但自己觉得要说时便可以大胆的说出来，因为文艺只是自己的表现，所以凡庸的文章正是凡庸的人的真表现，比讲高雅而虚伪的话要诚实的多了。

世间欺侮天才，欺侮着而又崇拜天才的世间也并轻蔑庸人。人们不愿听荒野的叫声，然而对于酒后茶馀的谈笑，又将凭了先知之名去加以诃斥。这都是错的。我想，世人的心与口如不尽被虚伪所封锁，我愿意倾听“愚民”的自诉衷曲，当能得到如大艺术家所能给予的同样的慰安。我是爱好文艺者，我想在文艺里理解别人的心情，在文艺里找出自己的心情，得到被理解的愉快。在这一点上，如能得到满足，我总是感谢的。所以我享乐——我想——天才的创造，也享乐庸人的谈话。世界的批评家法兰西（Anatole France）在《文学生活》（第一卷）上说：

著者说他自己的生活，怨恨，喜乐与忧患的时候，他并不使我们觉得厌倦。……

因此我们那样的爱那大人物的书简和日记，以及那些人所写的，他们即使并不是大人物，只要他们有所爱，有所信，有所望，只要在笔尖下留下了他们自身的一部分。若想到这个，那庸人的心的确即是一个惊异。

我自己知道这些文章都有点拙劣生硬，但还能说出我所想说的话：我平常喜欢寻求友人谈话，现在也就寻求想像的友人，请他们听我的无聊赖的闲谈。我已明知我过去的蔷薇色的梦都是虚幻，但我还在寻求——这是生人的弱点——想像的友人，能够理解庸人之心的读者。我并不想这些文章会于别人有什么用处，或者可以给予多少怡悦；我只想表现凡庸的自己的一部分，此外并无别的目的。因此我把近两年的文章都收在里边，除了许多“杂感”以及不惬意的一两篇论文；其中也有近于游戏的文字，如《山中杂信》等，本是“杂感”一类，但因为这也可以见我的一种脾气，所以将他收在本集里了。

我因寂寞，在文学上寻求慰安：夹杂读书，胡乱作文，不值学人之一笑，但在自己总得了相当的效果了。或者国内有和我心情相同的人，便将这本杂集呈献与他：倘若没有，也就罢了。——反正寂寞之上没有更上的寂寞了。

一九二三年七月二十五日，在北京。

《竹林的故事》序

冯文炳君的小说是我所喜欢的一种。我不是批评家，不能说他是否水平线以上的文艺作品，也不知道是哪一派的文学，但是我喜欢读他，这就是表示我觉得他好。

我所喜欢的作品有好些种。文艺复兴时代说猥亵话的里昂医生，十八世纪讲刻毒话的爱耳兰神甫，近代做不道德的小说以及活剖人的心灵的法国和瑞典的狂人，……我都喜欢读。不过我不知怎地总是有点“隐逸的”，有时候很想找一点温和的读，正如一个人喜欢在树阴下闲坐，虽然晒太阳也是一件快事。我读冯君的小说便是坐在树阴下的时候。

冯君的小说我并不觉得是逃避现实的。他所描写的不是什么大悲剧大喜剧，只是平凡人的平凡生活，——这却正是现实。特别的光明与黑暗固然也是现实之一部，但这尽可以不去写他，倘若自己不曾感到欲写的必要，更不必说如没有这种经验。文学不是实录，乃是一个梦：梦并不是醒生活的复写，然而离开了醒生活梦也就没有了材料，无论所做的是反应的或是满愿的梦。冯君所写多是乡村的儿女翁媪的事，这便因为他所见的人生是这一部分，——其实这一部分未始不足以代表全体：一个失恋的姑娘之沉默的受苦未必比蓬发薰香，着小蛮靴，胸前挂鸡心宝石的女郎因为相思而长吁短叹，寻死觅活，为不悲哀，或没有意思。将来著者人生的经验逐渐进展，他的艺术也自然会有变化，我们此刻当然应以著者所愿意给我们看的为满足，不好要求他怎样地照我们的意思改作，虽然爱看不爱看是我们的自由。

冯君著作的独立的精神也是我所佩服的一点。他三四年来专心创作，沿着一条路前进，发展他平淡朴讷的作风，这是很可喜的。有茀罗倍耳那样的好先生，别林斯奇那样的好批评家，的确值得也是应该听从的，但在中国哪里有这些人；你要去找他们，他不是叫你拿香泥塑一尊女菩萨，便叫你去数天上的星，结果是筋疲力尽地住手，假如是聪明一点。冯君从中外文学里涵养他的趣味，一面独自走他的路，这虽然寂寞一点，却是最确实的走法，我希望他这样可以走到比此刻的更是独殊的[①]他自己的艺术之大道上去。

这种丛书，向来都是没有别人的序的，但在一年多前我就答应冯君，出小说集时给做一篇序，所以现在不得不写一篇。这只代表我个人的意见，并不是什么批评。我是认识冯君，并且喜欢他的作品的，所以说的不免有点偏，倘若当作批评去看，那就有点像“戏台里喝彩”式的普通评论，不是我的本意了。

一九二五年九月三十日，于北京。

【鄢校】

①“的”原作“地”。

《发须爪》序

我是一个嗜好颇多的人。假如有这力量，不但是书籍，就是古董也很想买，无论金，石，瓷，瓦，我都是很喜欢的。现在，除了从旧货摊收来的一块“凤皇砖”，一面“石十五郎镜”和一个“龟鹤齐寿”的钱以外，没有别的东西，只好翻弄几本新旧书籍，聊以消遣，而这书籍又是如此的杂乱的。我也喜看小说，但有时候又不喜欢看了，想找一本讲昆虫或是讲野蛮人的书来看，简直是一点儿统系都没有。但是有一样东西，我总是喜欢，没有厌弃过，而且似乎足以统一我的凌乱的趣味的，那便是神话。我最初所译的小说是哈葛德与安度阑合著的《红星佚史》（*The World's Desire*, by H. R. Haggard and Andrew Lang），一半是受了林译“哈氏丛书”的影响，一半是阑氏著作的影响。我在东京的书店买到了“银丛书”（*The Silver Library*）中的《习俗与神话》（*Custom and Myth*）《神话仪式与宗教》（*Myth, Ritual and Religion*[①]）等书，略知道人类学派的神话解释，对于神话感得很深的趣味，二十年来没有改变。我不能说什么是我的职业，虽然现在是在教书，但我可以说我的趣味是在于希腊神话，因为希腊的是世界的最美的神话。我有时想读一篇牧歌，有时想知道蜘蛛的结婚，实在就只是在圈子里乱走，我似乎也还未走出这个圈子。

我看神话或神话学全是为娱乐，并不是什么专门的研究。但有时也未尝没有野心，想一二年内自己译一部希腊神话，同时又希望有人能够编译或著述一部讲文化或只是宗教道德起源发达的略史。我平常翻开芬兰威斯忒玛耳克（E. Westermarck）教授那部讲道德观念变迁的大著，总对他肃然起敬，心想这于人类思想的解放上如何有功，真可以称是一部“善书”。在相信天不变道亦不变的中国，实在切需这类著作，即使是一小册也好。能够有人来做，表示道德是并非不变的，打破一点天经地义的迷梦，有益于人心世道实非浅鲜。我以前把这件事托付在研究社会学的朋友身上，荏苒十年，杳无希望，因为那些社会学者似乎都是弄社会政策的，只注意现代，于历史的研究大抵不着重的。这件事好像是切望中国赶快成为一个像样的民主国，急切不能成功，本来也是难怪的，虽然也难免略略地失望。但是这两年来，绍原和我玩弄一点笔墨游戏，起手发表《礼部文件》，当初只是说“闲话”，后来却弄假成真，绍原的《礼部文件》逐渐成为礼教之研究，与我所期望于社会学家的东西简直是殊途而同归，这实在是很可喜的。我现在所要计划的是，在绍原发刊他的第几卷的论文集时我应当动手翻译我的希腊神话。

绍原是专攻宗教学的。我当绍原在北京大学时就认识他。有一天下课的时候，绍原走来问我日本的什么是什么东西，领我到图书馆阅览室，找出一本叫做《亚细亚》的英文月报翻给我看，原来是什么人译的几首“Dodoitsu”，日本人用汉字写作“都都逸”，是近代的一种俗歌。我自己是喜欢都都逸的，却未必一定劝别人也去硬读，但是绍原那种探查都都逸的好奇与好事，我觉得是很可贵的，可以说这就是所以成就那种研究的原因，否则别人剃胡须，咬指甲，干他什么事，值得这样注意呢。绍原学了宗教学，并不信那一种宗教，虽然有些人颇以为奇（他们以为宗教学者即教徒），其实正是当然的，而且因此也使他更适宜于做研究礼教的工作，得到公平的结论。绍原的文章，又是大家知道的，不知怎地能够把谨严与游戏混和得那样好，另有一种独特的风致，拿来讨论学术上的问题，不觉得一点儿沉闷。因为这些缘故，我相信绍原的研究论文的发刊一定是很成功的。有人对于古史表示怀疑，给予中国学术界以好些激刺，绍原的书当有更大的影响：因为我觉得绍原的研究于阐明好些中国礼教之迷信的起源，有益于学术以外，还能给予青年一种重大的暗示，养成明白的头脑，以反抗现代的复古的反动，有更为实际的功用。我以前曾劝告青年可以拿一本文法或几何与爱人共读，作为暑假的消遣，现在同样的毫不踌躕地加添这一小本关于发须爪的迷信——礼教之研究的第一卷，作为青年必读书之一，依照了我个人的嗜好。

民国十五年十一月一日，于北京苦雨斋。

【锺校】

①“Religion”原作“Religon”。

《扬鞭集》序

半农的诗集将要出版了，我不得不给他做一篇小序。这并不是说我要批评半农的诗，或是介绍一下子。我不是什么评衡家，怎么能批评，我的批评又怎能当作介绍：半农的诗的好处自有诗在那里作证。这是我与半农的老交情，使我不得不写几句闲话，替他的诗集做序。

我与半农是《新青年》上做诗的老朋友，是的，我们也发谬论，说废话，但做诗的兴致却也的确不弱，《新青年》上总是三日两头的有诗，半农到欧洲去后也还时常寄诗来给我看。那时做新诗的人实在不少，但据我看来，容我不客气地说，只有两个人具有诗人的天分，一个是尹默，一个就是半农。尹默早就不做新诗了，把他的诗情移在别的形式上表现，一部《秋明集》里的诗词即是最好的证据。尹默觉得新兴的口语与散文格调，不很能亲密地与他的情调相合，于是转了方向去运用文言。但他是驾御得住文言的，所以文言还是听他的话，他的诗词还是现代的新诗，他的外表之所以与普通的新诗稍有不同者，我想实在只是由于内含的气分略有差异的缘故。半农则十年来只做新[1]诗，进境很是明了，这因为半农驾御得住口语，所以有这样的成功，大家只须看《扬鞭集》便可以知道这个情实。天下多诗人，我不想来肆口抑扬，不过就我所熟知的《新青年》时代的新诗作家说来，上边所说的话我相信是大抵确实的了。

我想新诗总是要发达下去的。中国的诗向来模仿束缚得太过了，当然不免发生剧变，自由与豪华的确是新的发展上重要的原素，新诗的趋向所以可以说是很不错的。我不是传统主义（Traditionalism）的信徒，但相信传统之力是不可轻侮的。坏的传统思想，自然很多，我们应当想法除去他。超越善恶而又无可排除的传统，却也未必少，如因了汉字而生的种种修辞方法，在我们用了汉字写东西的时候总摆脱不掉的。我觉得新诗的成就上有一种趋势恐怕很是重要，这便是一种融化。不瞒大家说，新诗本来也是从模仿来的，他的进化是在于模仿与独创之消长。近来中国的诗似乎有渐近于独创的模样，这就是我所谓的融化。自由之中自有节制，豪华之中实含清涩，把中国文学固有的特质因了外来影响而益美化，不可只披上一件呢外套就了事。这或者是我个人的偏见也未可知，我总觉得艺术这样东西虽是一种奢侈品，但给予时常是很吝啬的，至少也决不浪费。向来的新诗恐怕有点太浪费了，在我这样旧人——是的，我知道自己是很旧的人，有好些中国的艺术及思想上的传统占据着我的心，——看来，觉得不很满意。现在因了经验而知稼穑之艰难，这不能不说是文艺界的一个进步了。

新诗的手法，我不很佩服白描，也不喜欢唠叨的叙事，不必说唠叨的说理，我只认抒情是诗的本分，而写法则觉得所谓“兴”最有意思，用新名词来讲或可以说是象征。让我说一句陈腐话，象征是诗的最新的写法，但也是最旧，在中国也“古已有之”。我们上观国风，下察民谣，便可以知道中国的诗多用兴体，较赋与比要更普通而成就亦更好。譬如《桃之夭夭》一诗，既未必是将桃子去比新娘子，也不是指定桃花开时或是种桃子的家里有女儿出嫁，实在只因桃花的浓艳的气分与婚姻有点共通的地方，所以用来起兴，但起兴云者并不是陪衬，乃是也在发表正意，不过用别一说法罢了。中国的文学革命是古典主义（不是拟古主义）的影响，一切作品都像是一个玻璃球，晶莹透澈得太厉害了，没有一点儿朦胧，因此也似乎缺少了一种馀香与回味。正当的道路恐怕还是浪漫主义，——凡诗差不多无不是浪漫主义的，而象征实在是其精意。这是外国的新潮流，同时也是中国的旧手法；新诗如往这一路去，融合便可成功，真正的中国新诗也就可以产生出来了。

我对于中国新诗曾摇旗呐喊过，不过自己一无成就，近年早已歇业，不再动笔了，但暇时也还想到，略有一点意见，现在乘便写出，当作序文的材料，请半农加以指教。

民国十五年五月三十日，于北京。

【锺校】

①原无“新”字，今增。

《海外民歌》译序

我平常颇喜欢读民歌。这是代表民族的心情的，有一种浑融清澈的地方，与个性的诗之难以捉摸者不同，在我们没有什么文艺修业的人常觉得较易领会。我所喜读的是，英国的歌词（Ballad），一种叙事的民歌，与日本的俗谣，普通称作“小呗”（Ko-uta）。小呗可以说是纯诗，他的好处，——自然是在少数的杰作里，如不怕唐突“吾家”先王，很有乐而不淫哀而不伤的意思。但是，讲到底这还是他的江南的儿女文学的风趣，使我恋慕，正如我们爱好《子夜歌》一样。歌词都是叙事诗，他的性质仿佛在弹词与“节诗”之间，不过弹词太长太有结构了，而节诗又太流畅，的确是近代的出品。我爱歌词是在他的质素，有时又有点像韵文的童话；有些套语，在个人的著作中是很讨嫌的，在这类民歌上却觉得别有趣味，也是我所喜欢的一点。他讲到女人总是美的，肌肤是乳白，眼睛是夏日似的明亮，脚是小的（请中国人不要误会），问事总是问三遍，时日是十二个月零一日，就是文句也差不多有定式，例如——

安尼，我要亲你的面颊，

我要亲你的下巴颏儿。

中国弹词也有这种倾向，我随手从《再生缘》卷一中引用这四句：

公子一观心骇异，慌忙出位正衣冠，问声宝眷何来此，请把衷情诉一番。

这正是一个好例，虽然我不大喜欢，因为似乎太庸熟了。还有一层，这样句调重叠下去，编成二三十册的书，不知有几万行，自然不免令人生厌。歌词却总不很长，便不会有这种毛病，而且或者反成为他的一个特色了。

我在这两样民歌之外，还借了英语及世界语的译本，看过一点各国的东西，有些我觉得喜欢的，用散文译了几首，后来收录在《陀螺》里边。不过我看这些歌谣，全是由于个人的爱好，说不出什么文艺上的大道理，或是这于社会有怎样用处。我所爱读的是恋爱与神怪这两类的民歌，别的种类自然也不是没有，反正现在也无须列举。读情诗大约可以说是人之常情，神怪便似乎少有人喜欢了，这在标榜写实主义以及文学革命的现代应该是如此，虽然事实未必如此。我说，现在中国刮刮叫地是浪漫时代，政治上的国民革命，打倒帝国主义，都是一种表现，就是在文学上，无论自称哪一派的文士，在著作里全显露出浪漫的色彩，完全是浸在“维特热”——不，更广泛一点，可以说“曼弗勒德（Manfred）热”里面。在这样一个时代，惊异是不大会被冷落的，那么，我的爱好也就差不多得到辩解了，虽然我的原因还别有所在。我对于迷信是很有趣味的，那些离奇思想与古怪习俗实现起来一定极不能堪，但在民谣童话以及古纪录上看来，想像古今人情之同或异，另有一番意思。文人把歌谣作古诗读，学士从这里边去寻证古文化，我们凡人专一且不能，却又欲兼二，变成“三脚猫”而后已，此是凡人之悲哀，但或者说此亦是凡人之幸运，也似乎未始不可耳。

半农是治音韵学的专家，于歌谣研究极有兴趣，而且他又很有文学的才能，新诗之外，还用方言写成民歌体诗一卷，这是大家都知道的。他选集国外民歌，译成汉文，现在汇成一集，将要出版了，叫我写一篇序，说是因为我也是喜欢民歌的。我想，我是一个“三脚猫”，关于民歌没有什么议论可发，只好讲一点自己的事情，聊以敷衍，至于切题的说明须得让半农自己出手。但是我有一句介绍的话可以负责声明：半农这部《海外民歌》的确选也选得呒啥，译也译得不错。有几首民歌曾经登在《语丝》上面，见过的人自会知道；如有人不曾见到呢，那么买这部民歌选去一看也就知道了。总之半农的笔去写民谣是很适宜的：《瓦缶》一集，有书为证。

中华民国十六年三月三十日，于北京西北城之苦雨斋。

《潮州畲歌集》序

民国三年一月我在《绍兴县教育会月刊》上发过这样的一个启事：

> 作人今欲采集儿歌童话，录为一编，以存越国土风之特色，为民俗研究儿童教育之资材。即大人读之，如闻天籁，起怀旧之思，儿时钓游故地，风雨异时，朋侪之嬉戏，母姊之话言，犹景象宛在，颜色可亲，亦一乐也。第兹事体繁重，非一人才力所能及，尚希当世方闻之士，举其所知，曲赐教益，得以有成，实为大幸。

我预定一年为征集期，但是到了年底，一总只收到一件投稿！在那时候大家还不注意到这些东西，成绩不好也是不足怪的，我自己只得独力搜集，就所见闻陆续抄下，共得儿歌二百章左右，草稿至今还放在抽屉里。六年四月到北京来，北京大学的朋友开始征集歌谣，我也跟着帮忙，因为懒惰，终于没有把自己的草稿整理好，但因了刘半农、常维钧诸君的努力，这个运动很有发展，征集成绩既佳，个人辑录的地方歌谣集也有好几种完成了，如顾颉刚、常维钧、刘经庵、白启明、钟敬文诸君所编的都是，这部林培庐君的《畲歌集》乃是其中最新出的一种。

歌谣是民族的文学。这是一民族之非意识的而且[①]是全心的表现，但是非到个人意识与民族意识同样发达的时代不能得着完全的理解与尊重。中国现在是这个时候么？或者是的，或者不是。中国的革命尚未成功，至今还在进行，论理应该是民族自觉的时代；但是中国所缺少的，是彻底的个人主义，虽然尽有利己的本能，所以真正的国家主义不会发生，文艺上也可以虚空地提倡着民众文学，而实际上国民文学是毫无希望。在这个年头儿，社会上充满着时新，正如忽而颓废，忽而血泪一般，也会忽而歌谣地欢迎起来，但那是靠不住的，不但要改变，而且不是真的鉴赏。搜集歌谣的人此刻不能多望报酬，只好当作他的嗜好或趣味的工作，孤独地独自进行，又或如打着小鼓收买故旧的人，从尘土中挑选出“鸡零狗碎”的物件，陈列在摊上，以供识货者之拣择，——倘若卖不去，便永久留在店头做做装饰也好。关于这一点，大抵现在搜集歌谣的人都有了觉悟，我所认识的几位中间十九如此，差不多是悃愊无华，专心一意地做这件事，而林君之坚苦卓绝尤为可以佩服。不过在现今这个忙碌的世界上，我虽然佩服林君的苦功，承认这部歌集的有价值，却不能保证，至少在这圣道战争的几年里，这能够怎样为国人所懂得，——虽然于将来的学术文艺界上的供献总是存在的。

中华民国十六年四月三日，于北京记。

【锺校】

①原无“且”字，今增。

《江阴船歌》序

今年八月间，半农从江阴到北京，拿一本俗歌给我看，说是在路上从舟夫口里写下来的。这二十篇歌谣中，虽然没有很明了的地方色与水上生活的表现，但我的意思却以为颇足为中国民歌的一部分的代表，有搜录与研究的价值。

民歌（Volkslied，Folksong）的界说，按英国 Frank Kidson 说，是生于民间，并且通行民间，用以表现情绪或抒写事实的歌谣（《英国民歌论》第一章）。中国叙事的民歌，只有《孔雀东南飞》与《木兰》等几篇，现在流行的多半变形，受了戏剧的影响，成为唱本（如《孟姜女》之类）。抒情的民歌有《子夜歌》等不少，但经文人收录的，都已大加修饰，成为文艺的出品，减少了科学上的价值了。"民间"这意义，本是指多数不文的民众；民歌中的情绪与事实，也便是这民众所感的情绪与所知的事实，无非经少数人拈出，大家鉴定颁行罢了。所以民歌的特质，并不偏重在有精彩的技巧与思想，只要能真实表现民间的心情，便是纯粹的民歌。民歌在一方面原是民族的文学的初基，倘使技巧与思想上有精彩的所在，原是极好的事；但若生成是拙笨的措词，粗俗的意思，也就无可奈何。我们称赞《子夜歌》，仍不能蔑视这舟夫的情歌：因为这两者虽是同根，现在却已分开，所以我们的态度也应该不同了。

抒情的民歌中，有种种区别，田间的情景与海边不同，农夫与渔人的歌也自然不同。中国的民歌未经收集，无从比较；但据我在故乡所见，民众的职业虽然有别，倘境遇不甚相远，歌谣上也不发生什么差异。农夫唱的都是一种“鹦哥戏”的断片，各种劳动者也是如此；这鹦哥戏本是堕落的农歌，加以扮演的，名称也就是“秧歌”的转讹：这一件小事，很可以说明中国许多地方的歌谣，何以没有明了的特别色彩，与思想言语免不了粗鄙的缘故。

民歌的中心思想专在恋爱，也是自然的事。但词意上很有高下，凡不很高明的民歌，对于民俗学的研究，虽然一样有用，从文艺或道德说，便不免有可以非难的地方。绍兴“秧歌”的扮演，至于列入禁令，江浙通行的印本《山歌》，也被排斥。这册中所选的二十篇，原是未经著录的山歌，难免也有这些缺点。我想民间的原人的道德思想，本极简单，不足为怪；中国的特别文字，尤为造成这现象的大原因。久被蔑视的俗语，未经文艺上的运用，便缺乏了细腻的表现力；简洁高古的五七言句法，在民众诗人手里，又极不便当，以致变成那个幼稚的文体，而且将意思也连累了。我看美国何德兰（Headland）的《孺子歌图》，和日本平泽平七（H. Hirazawa）的《台湾之歌谣》中的译文，多比原文尤为明了优美，这在译界是少有的事，然而是实在的事。所以我要说明，中国情歌的坏处，大半由于文词的关系。倘若有人将他改作如《妹相思》等，也未始不可收入古人的诗话；但我们所要的是“民歌”，是民俗研究的资料，不是纯粹的抒情或教训诗，所以无论如何粗鄙，都要收集保存。半农这一卷的《江阴船歌》，分量虽少，却是中国民歌的学术的采集上第一次的成绩。我们欣幸他的成功，还要希望此后多有这种撰述发表，使我们能够知道“社会之柱”的民众的心情，这益处是溥遍的，不限于研究室的一角的。所以我虽然反对用赏鉴眼光批评民歌的态度，却极赞成公刊这本小集，做一点同国人自己省察的资料。

中华民国八年九月一日。

汉译《古事记·神代卷》引言

绍原兄，

让我把这鹅毛似的礼物，

远迢迢的从西北城，

送到你的书桌前。

一九二六年一月三十日，周作人。

我这里所译的是日本最古史书兼文学书之一，《古事记》（*Kojiki*）的上卷，即是讲神代的部分，也可以说是日本史册中所纪述的最有系统的民族神话。《古事记》成于元明天皇的和铜五年（712），当唐玄宗即位的前一年，是根据稗田阿礼（Hieda no Aré）的口述，经安万侣（Yasumaro）用了一种特别文体记下来的。当时日本还没有自己的字母，平常纪录多借用汉字，即如同是安万侣编述的《日本书纪》便是用汉文体所写。《日本书纪》是一部历史，大约他的用意不但要录存本国的史实，还预备留给外国人（自然是中国同朝鲜人）看的，所以用了史书体裁的汉文。但是一方面觉得这样一来就难免有失真之处，因为用古文作文容易使事实迁就文章，更不必说作者是外国人了，所以他们为保存真面目起见，另用一种文体写了一部，这便是《古事记》。（虽然实际上是《古事记》先写成。）因为没有表音的字母可用，安万侣就想出了一个新方法，借了汉字来写，却音义并用，如他的进书表文（这原来是一篇骈文）中所说：“或一句之中交用音训，或一事之内全以训录。”不过如此写法，便变成了一样古怪文体，很不容易读，如第三节中所云，“故二柱神立天浮桥而指下其沼矛以画者，盐许袁吕许袁吕迩画鸣而引上时，自其矛末垂落之盐，累积成岛，是自淤能碁吕岛”，即其一例。但到了十八九世纪，日本国学发达起来，经了好些学者的考订注解，现在已经可以了解了。我这里所译，系用次田润的注释本，并参照别的三四种本子。我的主意并不在于学术上有什么供献，所以未能详征博考，做成一个比较精密完善的译本，这是要请大家预先承认原谅的。

我译这《古事记》神代卷的意思，那么在什么地方呢？我老实说，我的希望是极小的，我只想介绍日本古代神话给中国爱好神话的人，研究宗教史或民俗学的人看看罢了。普通对于这种东西有两样不同的看法，我觉得都不很对，虽然在我所希望他来看的人们自然不会有这些错误。其一是中国人看神话的方法。他们从神话中看出种种野蛮风俗原始思想的遗迹，——其实这是自然不过的事，他们却根据了这些把古代与现代溷在一起，以为这就足以作批评现代文化的论据。如《古事记》第三节里说，二大神用了天之沼矛搅动海水，从矛上滴下来的泡沫就成了岛，叫做“自凝岛”，读者便说这沼矛即是男根的象征，所以日本的宗教是生殖崇拜的。天之沼矛或者是男根的象征（在古人的眼里什么不含有性的意味呢?），但并不能因此即断定后来的宗教思想是怎样。世界民族，起初差不多是生殖崇拜的，后来却会变化，从生殖崇拜可以变出高尚的宗教和艺术，而且在一方面看来，就是生殖崇拜自身，在他未曾堕落的时候，也不是没有他的美的。大家知道希腊的迭阿女索思祭（Dionysia），本为生殖崇拜之一相，后来的那伟大的戏剧却即由此而起。即在其初未经蜕变之时，如“布鲁达奇”（Plutarch）所说：“昔者先民举行迭阿女索思之祭，仪式质朴而至欢愉，有行列，挈酒一瓶，或一树枝，或牵羊，或携柳筐，中贮无花果，而殿以生支（Phallos）。”固纯是原始的仪式，但见于艺术者，如许多陶器画上之肩菡萏的“狂女”（Mainades）以及发风露丑的“山精”（Satyroi），未始不是极有趣味的图像。我们可以把那些原始思想的表示作古文学古美术去欣赏，或作古文化研究的资料，但若根据了这个便去批评现代的文明，这方法是不大适用的。

其二是日本人看神话的方法，特别是对于《古事记》。日本自己有“神国”之称，又有万世一系的皇室，其国体与世界任何各国有异，日本人以为这就因为是神国的关系，而其证据则是《古事记》的传说。所以在有些经国家主义的教育家炼制成功的忠良臣民看来，《古事记》是一部“神典”，里边的童话似的记事都是神圣的，有如《旧约》之于基督教徒，因为这是证明天孙的降临的。关于邻国的事我们不能像《顺天时报》那样任情的说，所以不必去多讲他，但这总可以说明，我们觉得要把神话看作信史也是有点可笑的，至少不是正当的看法。十多年前日本帝国大学里还不准讲授神话学，当初我也不明白是什么缘故，后来看夏目漱石集中的日记，才知道因为日本是神国，讲神话学就有亵渎国体的嫌疑了。就这一件事，可以想见这种思想是多么有势力。可是近年来形势也改变了，神话学的著作出版渐多（虽然老是这两三个著者），连研究历史及文化的也吸收了这类知识，在古典研究上可以说起了一个革命。做有四大厚册（尚缺一册，未完成）《文学上国民思想之研究》的津田博士在《神代史研究》上说，《古事记》中所记的神代故事并不是实际经过的事实，乃是国民想像上的事实；后人见了万世一系的情形，想探究他的来源，于是编集种种传说，成为有系统的纪载，以作说明。这个说法似乎很是简单，而且也是当然，但在以前便不能说（当然现在也有些人还不以为然），更不必说能保全文学博士的头衔了。人类学者鸟居博士新著《人类学上看来的我国上古文化》第一卷，引了东北亚洲各民族的现行宗教，来与古代日本相印证，颇有所发明。照他所讲的看来，神代纪上的宗教思想大抵是萨满教（Shamanism）的，与西伯利亚的鞑靼以及回部朝鲜都有共同之点。此于人类学上自是很有意义的左证，但神典之威严却也不能没有动摇了。我说日本人容易看《古事记》的神话为史实，一方面却也有这样伟大之学术的进展，这一点是我们中国人不得不对着日本表示欣羡的了。

（对于万世一系的怀疑，在日本的学者中间并不是没有。好些年前有一个大学教授讲到进化，说即如日本的国体也要改变，因此就革了职，但我记不清这事的详情和他的姓名了。一九二一年九月的《东方时论》上登载法学博士青木彻二的一篇随笔，名曰 *Zoku Seso Ibukashiki*，译出来可以称作《续世事之离奇》，出版后即被政府禁止，据斋藤昌三的《近代文艺笔祸史》说：

> 作者青木博士终以朝宪紊乱罪下狱，在这一年里大学助教授森户辰夫，帆足理一郎，野村隈畔等，或处徒刑，或处多大之罚金，学者之有名笔祸事件相继发生。

除森户外，别人的事件内容我都不很清楚，但青木博士的我还记得，虽然杂志是禁止没收了。他的犯罪也是因为对于万世一系的怀疑。他对访问的记者说明他的意思，他不满意于一般关于国体的说法，以为日本是与世界各国绝不相同的；他不愿意被人家看作一种猴子似的异于普通人类的东西，发愤要表明日本人也是人，也有人类同具的思想与希望，所以写那一篇文章，即因此得罪在所不惜。这种精神也值得佩服，虽然与现在所谈的神话问题无甚关系。）

《古事记》神话之学术的价值是无可疑的，但我们拿来当文艺看，也是颇有趣味的东西。日本人本来是艺术的国民，他的制作上有好些印度中国影响的痕迹，却仍保有其独特的精彩；或者缺少庄严雄浑的空想，但其优美轻巧的地方也非远东的别民族所能及。

他还有他自己的人情味，他的笔致都有一种润泽，不是干枯粗厉的，这使我最觉得有趣味。和辻哲郎著《日本古代文化》，关于这点说的很是明白，虽然他的举例多在《古事记》的后二卷，但就是在神话里也可以看出一点来。不过我的译文实在太是不行了，这在我还未动笔之先就早已明白的感到，所以走失了不少的神采。此刻只好暂时这样的将就，先发表出来，将来如有进步当再加校订吧。再见！

《希腊神话》引言［译文］

英国哈利孙女士著

诗人席烈（Shelley）曾说过最可记念的话："我们都是希腊人，我们的法律，我们的宗教，我们的艺术，都在希腊生根的。"这是真的，但是有一个大的减折。我们的宗教不是生根于希腊的；这从东方来传给我们，虽然在这上面西方以及希腊的精神也很有影响。希腊触着什么东西，都使他变化。所以我们的宗教虽是东方的，却欠了希腊一笔深厚而永久的债，要计算这一笔债，便是现在放在我们面前的这愉快的工作。

但是我们第一要明白，我们的题目，不是希腊罗马的宗教，而是希腊罗马的神话。各种宗教都有两种分子，仪式与神话。第一是关于他的宗教上一个人之所作为，即他的仪式；其次是一个人之所思索及想像，即他的神话，或者如我们愿意这样叫，即他的神学。但是他的作为与思索，却同样地因了他的感觉及欲求而形成的。心理学告诉我们，——我们这里最好是引柳巴（Leuba）教授的话，——意识生活的单位不单是思想，不是感情，不是意志，但是“三者一致对于同一目的而行动”，不过这还须首先明白，意志是属于第一位的。“意识生活是常向着或物，想即刻或最后去得到或免避的。”宗教也只是这意识生活的活动之某一形式罢了。宗教的冲动，单只向着一个目的，即生命之保存与发展。宗教用两种方法去达到这个目的，一是消极的，除去一切于生命有害的东西，一是积极的，招进一切于生命有利的东西。全世界的宗教仪式不出这两种，一是驱除的，一是招纳的。饥饿与无子是人生的最重要的敌人，这个他要设法驱逐他。食物与多子是他最大的幸福。希伯来语的“福”字原意即云好吃。食物与多子这是他所想要招进来的。冬天他赶出去，春夏他迎进来。

这个原始宗教的活动，这些驱除或招纳的仪式，这个“求生的意志”之各种表现，是全世界如此的；希腊罗马人也有之，正与印第安红人及南海岛民一样。那么在希腊罗马有什么是他特别的呢？我们的负债在那里呢？这就引我们到宗教的别一面，即神话那边去了。

人在那里行仪式，实行驱除或招纳之礼的时候，他一面也在思索或想像着；在他心里，起来一种影像，无论怎样朦胧，一种心中的图像表示他的所作为所感觉的东西。这样的影像怎么起来的呢？在这里心理学跑进来帮助我们了。

人是一个影像制造者，但这正是人类的特权。在大多数的动物都依了所谓本能行事，他们的行动是机械地直跟着知觉发生，几乎化学作用似的那样迅速与确实。人类的神经系统却更为复杂了，知觉并不立刻变为行动，其间似有可容选择的馀暇。正在这知觉与反应中间之刹那的停顿时期，我们的影像，即我们的想像，观念，实际上我们的全个心的生活，才建立起来。我们并不立刻反应，即我们并不立刻得到所需要的东西，所以我们先独自描画我们的需要，我们创造出一个影像。倘若反应是即刻发生的，我们便不会有影像，没有再现，没有艺术，也没有神学。影像之清楚活现与否，当视影像制造者之天分而异。在有些人，影像是模胡，错乱，平淡的，在别人则或是清晰，活现，有力。这是希腊人的极大天才，与罗马人截然不同的，便是他们是影像制造者，即 Iconists（造像者）。在希腊神话里我们供奉着那世上绝无仅有的最有天才的民族所造的影像，而这些影像也就是那民族的未得满足的欲望之结果与反映。

几十年以前，大家普通都拿罗马的名字去叫希腊诸神。我们叫雅典那(Athena)为密涅发(Minerva)，爱罗思(Eros)为邱匹德(Cupid)，坡塞同(Poseidon)为涅普条因（Neptune)。这个不好的习惯幸而现在渐已消灭了。我们现在知道，在罗马人从希腊借去神话以前，他们是没有什么严密意义的所谓“神”的。他们有渺茫的非人格的鬼物似的东西，他们并不称之曰诸神（Dei)，只称之曰诸威力（Numina)。罗马人照严密意义说来决不是造像者，他们民族的天才不在这里；他们并不人格化，不创造出人格，因此他们不能讲关于个人的故事，不能创作“神史”；他们没有什么或竟没有神话。

罗马的“威力”是没有人的特性的。他没有性别，至少他的性别是无定的。这是怎么随便，只须参考古时的祈祷文，便可明了，文中说祷告于精灵“无论是男是女”（Sive mas sive femina)。这些渺茫的精灵或“威力”与特别地点相关，为人所敬畏，近于恐怖而非爱慕。他的分类是并不依据性格而以他的职务为准，这个工作的范围又精细地规定，他职司管辖某处地点及人间的某种活动，这“威力”数目众多几乎与活动种类之多一样。譬如有古尼那（Cunina)，专看守小儿的摇篮，厄杜利亚（Edulia）与坡提那

（Potina）教他吃和喝，斯泰提利奴思（Statilinus）教他站立，等等。实在那“威力”不过是一种活动的影像，他决不是一个人格，虽然他或者是人格化的初步。

即使那些“威力”是超人间的，在管辖罗马人的生活，能引起敬畏与依赖的意思，他们却总不是人性的，也不是人形的，在诗歌与雕刻上也没有过人形化的表示。伐耳罗（Varro）告诉我们，——我们没有更好的文献了，——“一百七十年来（基督前七五三年罗马建都之日起计算）罗马人祀神不用偶像”。他又说，——他这批评，很奇怪地偏于一面，而且是彻底地罗马式的：“那些将图像介绍到国内来的人，除去了恐怖而拿进了虚伪来了。”希腊人从宗教上拿去了恐怖，这确实是他们的极大的功绩。在纯粹讲实际的人看来，造像者往往容易成为一个说诳者。

希腊人自己也有点明白，他们是造像者。有一个伟大的希腊人曾经用了简单的言语告诉我们，影像是怎么造成的，谁是影像制造者。赫洛陀多思（Herodotos）留下这一番话来，他在外国旅行，特别是到过了埃及，有所感触，遂回想到本国宗教的特质。他说（卷二之五三）：

关于各个神道之起源，是否他们从头便已存

在，他们各个的形状如何，这些知识实在还只是近日的事。我想诃美洛思（Homeros）与赫西阿陀思（Hesiodos）去我们才四百年，这正是他们初为希腊人编著诸神的世系，给予诸神的称号，规定各个的管辖及其权力，记述各个的形状。

赫洛陀多思不知道，也不能知道，诸神乃是人间欲望之表白，因了驱除与招纳之仪式而投射出来的结果。他所知道的是，多谢他的比较研究，希腊诸神比较地晚出，在这些有人格的完成的诸神之前，尚有更古的时期，其神与希腊所谓神者迥不相同，没有明白的人格以及特别的品性与行述，但只是茫漠无名的精灵，与罗马的“威力”仿佛。他知道在诃美洛思时代以前曾有别一民族住在希腊，他们的神，倘若这可以称为神，与诃美洛思所说的截不相同。赫洛陀多思说：“昔时贝拉思戈人祀神，呼而告之。但他们不给神以称号，亦无名字。”

原始的贝拉思戈人与更有文化的希腊人一样，崇拜一种神明，他们祭祀，有仪式。但是对着什么祭祀呢，他们没有明白的观念。他们的神未曾分化，没有人形，他们没有专名，如宙斯（Zeus）或雅典那，而且也没有表德的称号如“大震神”或“黑眼神女”，他们不是人而是物或力。比较宗教学指示给我们看，正如赫洛陀多思最初对于希腊的观察一样，到处都是如此，直到较迟的时代，人才对于其所崇拜之物给予完全的人格。人格是与兽形或人形之给予同时发生的。在人形化（Anthropomorphism）及兽形化（Theriomorphism）之前，我们别有一个精气信仰（Animism）的时代，那时的神是一种无所不在的不可捉摸的力。到了人把他规定地点，给予定形，与他发生确定的关系的时候，这才变成真的神了。只在他们从威力变成个人的时候，他们才能有一部神话。

造成完全的人格化的原因我们此刻且不多谈，在我们研究各神的时候有些原因将要说及。现在所应注意的乃是只有一个神成了正确的神，即个人时，这才能造成行述，即神史。我们的工作是关于神话。贝拉思戈人的神是非人格的，他们没有神史；罗马的“威力”也是如此。他们是非人格的，也没有神史。所谓罗马神话，即阿微丢思（Ovidius）所传之神话，实在只是希腊神话搬运过来，转变成罗马的形式罢了。我们对于罗马神话的负债即可承认并且清偿了，因为这实际上是等于没有。若与罗马的仪式来一对照，罗马的神话是并不存在的。罗马人很富于宗教心，很感到他们对于不可见之力的依赖；但他们不是造像者，影像制造者，神话家，直到后来很迟，且受了希腊的影响，才有神话。他们民族的天分与这件事是不相容的。

赫洛陀多思说："诸神是诃美洛思与赫西阿陀思所编造的。"诗人给予他们称号，特殊的权力，以及形状。在赫洛陀多思看来，诃美洛思是一个人；在我们看来，诃美洛思是史诗传统的全体，诗人之民族即古代希腊人的传统的书。希腊民族不是受祭司支配而是受诗人支配的，照"诗人"（Poetes）这字的原义，这确是"造作者"，艺术家的民族。他们与别的民族同样地用了宗教的原料起手，对于不可见的力之恐怖，护符的崇拜，未满足的欲望等；从这些朦胧粗糙的材料，他们却造出他们的神人来，如赫耳美思（Hermes），坡塞同，台美退耳（Demeter），赫拉（Hera），雅典那，亚孚罗迭谛（Aphrodite），亚耳台米思（Artemis），亚坡隆（Apollon），提阿女梭思（Dionysos），宙斯。

这已是一年前的事了，我译了哈利孙（Jane Harrison）女士的《希腊神话》第三章的一节，题名曰《论鬼脸》，登在第四十二期的《语丝》上。译文末尾附有说明，其中有这几句话：

原书在一九二四年出版，为"我们对于希腊

罗马的负债”丛书（*Our Debt to Greece and Rome*）的第二十六编。哈利孙女士生于一八五〇年，是有名的希腊学者，著有《希腊宗教研究序论》《古代艺术与仪式》等书多种。这本《希腊神话》，虽只是一册百五十页的小书，却说的很得要领，因为他不讲故事，只解说诸神[①]的起源及其变迁，是神话学而非神话集的性质，于了解神话上极有用处。

这是我的爱读书之一，这篇引言，我久想翻译，但是因循未果，只抄译了讲鬼脸的一节，不觉荏苒又是一年多了。今日天热无聊，听不知何处的炮声如雷，不无枨触，姑译此消遣，比自己作文或较不费力，虽然或者有地方也未始不更费力。内容不知是否稍欠通俗，不过据我的偏见，这些也是常识的一部分，我们常人所应知道一点的。译文急就，恐有错误处，容日后再行校正。

民国十五年八月二日灯下，记于北京西北城。

【锺校】

①“神”原作“经”。

《初夜权》序言［译文］

日本废姓外骨撰

距今三年半前，即大正十一年的十月中，有一个少年绅士来访，拿了一张名片，上写“介绍某君，乞赐接谈，法学博士吉野作造”。会见之后问其来意，答说：“我本是东京高等工业学校的毕业生，可是学过的工业却不高兴干了，想转到文学方面去，承吉野先生照顾，于大正八年进了帝国大学文学部，专攻社会学，到了明年春间须得提出毕业论文，想做一篇初夜权之社会学的研究，关于初夜权的外国的材料大略已经搜集了，本国的却还没有，去问吉野博士，他叫我来向先生请教，所以冒昧地跑来求见。”我于是便就浅识所及，略说二三，又将参考书也借给他，过了四五个月，他来访时说：“托先生的福，已经好好地毕业，成了文学士了。”并且还说那个论文承户田、今井两位先生称赞，说是近来少见的优秀之作云。

此后因了上边所说的关系我便告诉他，想把这论文拿来出版，卖给我罢；交涉的结果，用了三百块钱买了来，就是这本书。钱货交清之后，将要付印了，因为种种事情的缘故，暂时中止，这部稿本前后三年埋没在箧底里。直到近时，有一个本家存姓宫武尚二，办了一个“无名出版社”，想刊行洋装书，问我有没有什么东西可以让他出版。我说：“那么，这个印了出来怎么样？”把这书的原稿找了出来。他很高兴，说：“就印这个罢。当作无名出版社的第一着的事业，赶快发表出去罢。但是，叔叔，这个出版没有什么要紧么？”我说：“这不是堂堂的大学毕业论文么？倘若是发表不得的东西，帝国大学教授们那里会给他审查优等的分数呢？况且，这不是社会学上必要的研究问题么？以前的内务部或者难说，现在是许多新进学者所在的内务部了，你放心做去可也。但是，虽然这边已经买收了著作权，可以保证于出版上别无窒碍，不过原著者毕业后就做了某私立大学的讲师（现在也还在那里），照顾他的学长是一个极其正经的人，这样论文发表出去之后，或者要请他走路也说不定，所以他请求在这本书上不要写出真姓名来；我当时笑他‘真是胆小的人呀！’但是已经答应了他，所以这回要你自己当编辑兼发行人，担负一切的责任。”在这个条件之下，我就将原稿交给他了。近日他又来说："就要出版了，叔叔，务必请你写一篇序文。"我于是历叙以上的颠末，证明这乃是有权威的稀世的学术书，并不是那些自称性欲学研究大家泽田顺次郎辈所做的钩引登徒子的翻译的诲淫书的同类的东西。

大正十五年三月二十日，废姓外骨。

［案］外骨本姓宫武，今废姓，开设"半狂堂"，著有《笔祸史》《私刑类纂》《赌博史》《猥亵风俗史》等书，二十许种。偶阅二阶堂招久（假名?）的《初夜权》，见外骨序文颇是别致，便译出如上。末尾骂泽田顺次郎，似太偏隘。泽田编著性欲学书最早，并不一定是钩引登徒子的，找出现尚留存的《变态性欲论》一看，觉得可以代为证明。

《初夜权》系 Jus primae noctis 的译语，指古代一种礼俗，在结婚时祭司或王侯得先占有新妇数日。大抵初民有性的崇拜，对于处女视为有一种"太步"(Tabu)，含有神圣与毒害之意味，凡夫所不能当，故必先以圣体——无论是神，祭司或王等破除之，始不为害，可以结婚了。当初在施术者为一种职司上的义务，浸假而变为权利，盖信仰改变，严肃的仪式转为强迫的劳役，渐为崩坏之源，以至于革除，唯遗迹留存，在各民族婚俗上，犹明了可见。中国初夜权的文献未曾调查，不知其详，唯传说元人对于汉族曾施行此权。范寅编《越谚》卷上载童谣《低叭》一章，其词曰：

低叭低叭，（唢呐声。）
新人留歹，（歹读如 ta，语助词。）
安歹过夜，
明朝还倍乃。（倍乃读如 n-na，即你们。）

注云："此宋末元初之谣。"据绍兴县视学陈曰淀君说，德政乡谣如下：

低带低带，
新人留歹；
借我一夜，（我读作 nga，即我们。）
明朝还乃。

云蒋岸桥地方昔有恶少啸聚，有新妇过此，必劫留一夜，后为知县所闻，执杀数人，此风始戢。所说本事大抵不可凭，唯古俗废灭，而民族意识中犹留馀影，则因歌谣而可了知者也。又浙中有闹房之俗，新婚的首两夜，夫属的亲族男子群集新房，对于新妇得尽情调笑，无所禁忌，虽云在赚新人一笑，盖系后来饰词，实为蛮风之遗留，即初夜权之一变相。此种闹房的风俗不知中国是否普遍，颇有调查之价值。族人有在陕西韩城久寓者，云新娘对客须献种种技艺，有什么“蝴蝶拜”的名目，如果不误，则北方也有类似的习俗也。

（十五年十月十四日，岂明）

猥亵的歌谣

民国七年本校开始征集歌谣，简章上规定入选歌谣的资格，其三是“征夫野老游女怨妇之辞，不涉淫亵而自然成趣者”。十一年发行《歌谣周刊》，改定章程，第四条寄稿人注意事项之四云：“歌谣性质并无限制；即语涉迷信或猥亵者亦有研究之价值，当一并录寄，不必先由寄稿者加以甄择。”在发刊词中亦特别声明：“我们希望投稿者……尽量的录寄，因为在学术上是无所谓卑猥或粗鄙的。”但是结果还是如此，这一年内我们仍旧得不到这种难得的东西。据王礼锡先生在《安福歌谣的研究》（《歌谣周刊》二二号转录）上说，家庭中传说经过了一次选择，“所以发于男女之情的，简直没有听过”。这当然也是一种原因，但我想更重要的总是由于纪录者的过于拘谨。关于这个问题现在想略加讨论，希望于歌谣采集的前途或者有一点用处。

什么是猥亵的歌谣？这个似乎简单的疑问，却并不容易简单地回答。笼统地讲一句，可以说“非习惯地说及性的事实者为猥亵”。在这范围内，包有这四个项目，即（1）私情，（2）性交，（3）支体，（4）排泄。有些学者如德国的福克斯（Fuchs），把前三者称为“色情的”，而以第四专属于“猥亵的”，以为这正与原义密合，但平常总是不分，因为普通对于排泄作用的观念也大抵带有色情的分子，并不只是污秽。这四个项目虽然容易断定，但既系事实，当然可以明言，在习惯上要怎样说才算是逾越范围，成为违碍字样呢，这一层觉得颇难速断。有些话在田野是日常谈话而绅士们以为不雅驯者，有些可以供茶馀酒后的谈笑，而不能形诸笔墨者，其标准殊不一律，现在只就文艺作品上略加检查，且看向来对于这些事情宽容到什么程度。据霭理斯说，在英国社会上，“以尾闾骨[①]为中心，以一尺六寸的半径——在美国还要长一点——画一圆圈，禁止人们说及圈内的器官，除了那打杂的胃”。在中国倘若不至于此，那就万幸了。

私情的诗，在中国文学上本来并不十分忌讳。讲一句迂阔的话，三百篇经“圣人删订”，先儒注解，还收有许多“淫奔之诗”，尽足以堵住道学家的嘴。譬如“子不我思，岂无他人”这样话，很有非礼教的色彩，但是不曾有人非难。在后世诗词上，这种倾向也很明显，李后主的《菩萨蛮》云：

画堂南畔见，一晌偎人颤。

奴为出来难，教郎恣意怜。

欧阳修的《生查子》云：

月上柳梢头，人约黄昏后。

都是大家传诵的句，虽然因为作者的人的关系也有多少议论。中国人对于情诗似有两极端的意见：一是太不认真，以为“古人思君怀友，多托男女殷情，若诗人风刺邪淫，又代狡狂自述”；二是太认真，看见诗集标题纪及红粉丽情，便以为是“自具枷杖供招”。其实却正相反，我们可以说美人香草实是寄托私情，而幽期密约只以抒写昼梦，据近来的学术说来，这是无可疑的了。说得虚一点，仿佛很神秘的至情，说得实一点便似是粗鄙的私欲，实在根柢上还是一样，都是所谓感情的体操，并当在容许之列，所以这一类的歌词当然不应抹杀，好在社会上除了神经变质的道学家以外原没有什么反对，可以说是不成问题了。

诗歌中咏及性交者本不少见，唯多用象征的字句，如亲嘴或拥抱等，措词较为含蓄蕴藉；此类歌词大都可以归到私情项下去，一时看不出什么区别。《所罗门雅歌》第八章云：

我的良人哪，求你快来，

如羚羊或小鹿在香草山上。

《碧玉歌》的第四首云：

碧玉破瓜时，相为情颠倒。

感郎不羞郎，回身就郎抱。

都可以算作一例。至于直接描写者，在金元以后词曲中亦常有之，《南宫词纪》卷四，沈青门的“美人荐寝”，梁少白的“幽会”（风情五首之一），大约可为代表，但是源流还在《西厢》里，所以要寻这类的范本不得不推那“酬简”的一出了。散文的叙述，在小说里面很是常见，唯因为更为明显，多半遭禁。由此看来，社会不能宽容，可以真正称为猥亵的，只有这一种描写普通性交的文字。这虽只是根据因袭的习俗而言，即平心的说，这种叙述，在学术上自有适当的地位，若在文艺上面，正如不必平面地描写吃饭的状态一样，除艺术家特别安排之外，也并无这种必要。所以寻常刊行物里不收这项文字，原有正当的理由，不过在非卖品或有限制的出版品上，当然又是例外。

诗歌中说及支体的名称，应当无可非议，虽然在绅士社会中“一个人只剩了两截头尾”，有许多部分的身体已经失其名称。古文学上却很是自由，如《雅歌》所说：

你的两乳好像百合花中吃草的一对小鹿，
就是母鹿双生的。
你的肚脐如圆杯，
不缺调和的酒。

又第四章十二节以后，“我妹子，我新妇，乃是关锁的园”等数节，更是普通常见的写法，据说莎士比亚在 *Venus and Adonis* 诗中也有类似的文章，上面所举沈青门词亦有说及而更为粗劣。大抵那类字句本无须忌讳，唯因措词的巧拙所以分出优劣，即使专篇咏叹，苟不直接的涉及性交，似亦无屏斥的理由，倘若必要一一计较，势必至于如现代生理教科书删去一章而后可，那实在反足以表示性意识的变态地强烈了。

凡说及便溺等事，平常总以为是秽，其实也属于亵，因为臀部也是“色情带”，所以对于便溺多少含有色情的分子，与对于痰汗等的观念略有不同。中古的禁欲家宣说人间的卑微，常说生于两便之间（Inter faeces et urinum nascimur），很足以表示这个消息。滑稽的儿歌童话及民间传说中多说及便溺，极少汗垢痰唾，便因猥亵可以发笑而污秽则否，盖如德国格卢斯（Groos）所说，人听到关于性的暗示，发生呵痒的感觉，爆裂而为笑，使不至化为性的兴奋。更从别一方面，我们也可以看出便溺与性之相关，如上文所引

《雅歌》中咏肚脐之句，以及英国诗人赫列克（Robert Herrick）的 *To Dianeme* 诗中句云：

Show me that hill where smiling Love doth sit,

Having a living fountain under it.

都是好例。中国的例还未能找到，但戏花人著《红楼梦论赞》中有“贾瑞赞”一篇，也就足以充数了。所以这一类的东西，性质同咏支体的差不多，不过较为曲折，因此这个关系不很明了罢了。

照上面所说的看来，这四种所谓猥亵的文词中，只有直说性交的可以说是有点“违碍”，其馀的或因措词粗俗觉得不很雅驯，但总没有除灭的必要。本会搜集的歌谣里，或者因为难得，或者因为寄稿者的审慎，极缺少这类的作品，这是很可惜的事，只有白径天先生的柳州情歌百八首，蓝孕欧先生的平远山歌二十首，刘半农的江阴船歌二十首等，算是私情歌的一点好成绩。但我知道乡间曾有性交的谜语，推想一定还多有各样的歌谣，希望大家放胆的采来，就是那一项“违碍字样”的东西，我们虽然不想公刊，也极想收罗起来，特别编订成书，以供专家之参考，所以更望大家供给材料，完成这件重大的难事业。

我们想一论猥亵的歌谣发生的理由，可惜没有考证的资料，只能凭空的论断一下，等将来再行订正。

有许多人相信诗是正面的心声，所以要说歌谣的猥亵是民间风化败坏之证，我并不想替风俗作辩护，但我相信这是不确的。诗歌虽是表现作者的心情，但大抵是个反映，并非真是供状，有一句诗道，“嘴唱着歌，只在他不能亲吻的时候”，说的最有意思。猥亵的歌谣的解说所以须从别方面去找才对。据我的臆测，可以从两点上略加说明。其一，是生活的关系。中国社会上禁欲思想虽然不很占势力，似乎未必会有反动，但是一般男女关系很不圆满，那是自明的事实。我们不要以为两性的烦闷起于五四以后，乡间的男妇便是现在也很愉快地过着家庭生活；这种烦闷在时地上都是普遍的，乡间也不能独居例外。蓄妾宿娼私通，我们对于这些事实当然要加以非难，但是我们见了中产阶级的蓄妾宿娼，乡民的私通，要知道这未必全然由于东方人的放逸，至少有一半是由于求自由的爱之动机[②]，不过方法弄错了罢了。猥亵的歌谣，赞美私情种种的民歌，即是有此动机而不实行的人所采用的别求满足的方法。他们过着贫困的生活可以不希求富贵，过着庄端的生活而总不能忘情于欢乐，于是唯一的方法是意淫，那些歌谣即是他们的梦，他们的法悦(Fkstasia)。其实一切情诗的起原都是如此，现在不过只应用在民歌上罢了。

其二，是言语的关系。猥亵的歌谣起原与一切情诗相同而比较上似乎特别猥亵，这个原因我想当在言语上面。我在《江阴船歌》的序上曾说：

> 民间的原始的道德思想本极简单不足为怪；中国的特别文字，尤为造成这现象的大原因。久被蔑视的俗语，未经文艺上的运用，便缺乏了细腻曲折的表现力；简洁高古的五七言句法，在民众诗人手里又极不便当，以致变成那种幼稚的文体，而且将意思也连累了。

这还是就寻常的情歌而言，若更进一步的歌词，便自然愈是刺目；其实论到内容，《十八摸[③]》的唱本与祝枝山辈所做的细腰纤足诸词并不见得有十分差异，但是文人酒酣耳热，高吟艳曲，不以为奇，而听到乡村的秧歌则不禁颦蹙，这个原因实在除了文字之外无从去找了。词句的粗拙当然也是一种劣点。但在采集者与研究者明白这个事实，便能多谅解他一分，不至于凭了风雅的标准辄加摈斥，所以在这里特再郑重说明，希望投稿诸君的注意。

这一篇小文是我应《歌谣》周年增刊的征求，费了好些另另碎碎的时刻把他凑合起来的，所以全篇没有什么组织，只是一则笔记罢了。我的目的只想略略说明猥亵的分子在文艺上极是常见，未必值得大惊小怪，只有描写性交措词拙劣者平常在被摈斥之列，——不过这也只是被摈于公刊，在研究者还是一样的珍重的，所以我们对于猥亵的歌谣也是很想搜求，而且因为难得似乎又特别欢迎。我们预备把这些希贵的资料另行辑录起来，以供学者的研究，我这篇闲谈便只算作搜集这类歌谣[4]的一张广告。

（一九二三年十二月）

【鄢校】

①“骨”原作“尾”。

③“摸”原作“拍”。

④“这类歌谣”原作“这歌谣类”。

【原注】

②这当然并非辩护那些行为，只是说明他们的一种心理。通行俗歌里有云，“家花不及野花香”，便因野花可以自由选择的缘故。

关于“市本”

《语丝》五十三期印出后，我看《小五哥的故事》的案语里“市本”二字误作“布本”，因此想到关于“市本”，想略加申说。

案语里的“市本”系用作 Chapbook 一字的译语，但市本这个名称在故乡是“古已有之”的。越中闺秀，识得些字而没有看《列女传》的力量或兴趣者，大都以读市本为消遣，《天雨花》《再生缘》《义妖传》之类均是。有喜庆的时候，古风的人家常招瞽女来“话市”，大抵是二女一男，弹琵琶洋琴，唱《双珠凤》等故事。照乡间读音称作 Woazyr，所以我写作“话市”。那些故事原本称作“市本”，但是这实在都是弹词，所以或者应作“词本”，而话市也应作“话词”，或更为合理也未可知。

Chapbook 一语据说义云小贩所卖的，译作市本，字面尚可牵就，但实际上与中国的很不相同。他有韵文散文两种，内容上有历史传说故事笑话种种，而以含有滑稽分子者为最多。我所见的十八世纪散文市本集，一八八九年编印，凡一册，内计二十五种，举其有名的几种于后，可以想见其大略。

一、《杀巨人的甲克》(*Jack the Giantkiller*)

二、《惠丁顿与其猫》(*Whittington and His Cat*)

三、《蓝胡子》(*The Blue Beard*)

四、《洛宾荷德》(*Robin Hood*)

五、《浮斯德博士》(*Dr. Faustus*)

六、《倍根长老》(*Friar Bacon*)

滑稽的一类，除《王与皮匠》等有结构的故事外，有些集合而成的东西，如《徐文长》，或《呆女婿》的故事者，有这几种可为代表：

七、《脚夫汤姆朗》(*Tom Long the Carrier*)

八、《戈丹的聪明人》(*Wise Men of Gotham*)

九、《傻西门的灾难》(*Simple Simon's Misfortunes*)

这些故事的题目大抵很长，颇有古风，也颇有趣味，如第九的全题乃是——

傻西门的灾难以及他的妻玛格利的凶恶这是从结婚后的第二天清早起头的

喔，喔，这个题目就值一个本尼，不要说里边的故事了。不过，这真是平民的文学，即使是在绅士的英国，平民的趣味总是粗俗、壮健一点，所以里边尽多违碍字样，是涉及犯禁的圈子内的，至于教人为非（照法律上是怎么说的呀?）如《徐文长》者更是很多，而政府也并不禁止，仍让人将二十五篇编印一本，定价三先令出卖。呜呼，礼教振兴，殆终不能不推我们的华土了罢。市本中有一篇，系问答体，其名如下：

十、从壳克来的，衣服扣在背后的，爱尔兰人的妙语，系是英国汤姆与爱尔兰谛格二人的雅谈，附有谛格的教理问答，以及为山上水手时的告帮启。

今将该启译出，以见一斑，好在这个小周刊并不是专供歙私的里性的太太小姐们看的，讲话不谨慎一点，或者还不大要紧。但是倘若译得不能恰好，那么“恕我删去”二三十个字也是说不定的，大家千万原谅，因为这也是执笔政者之威权呀。

告帮启

诸位仁人君子，请看我这个人，从一个奇异的世界，满是苦难的地狱里经过了来的，受过许多海上的，陆上的危险，现在却还活着；你看我的手，弯曲的像鸡爪一样了，你只想一想我的那些苦辛与忧患，就知道这是没有什么奇怪了。喔，喔，喔，诸位仁人君子，我当初也是一个像样的人，有许多金，银，衣服，许多黄油，啤酒，牛肉，以及饼干。现在我什么都没有了：因为被土耳其人所掳，为西班牙人所放，在及布拉太守城六十六天，一点东西都没得吃，除了海上漂来的杂物及生的淡菜；乘船出发以后，搁浅在蛮邦海岸，落在凶恶的非洲回回的手中，我们于是被捕，被缚，用了绳，索，马锁，牛练。随后他们割，阉，把桅杆和弹丸去个净尽；你伸进手去摸一摸看，同坤造一样地光，在那杈骨旁边，除了那天然的以外什么也不见的。后来我们逃出走到亚拉伯的荒野大沙漠，我们和野驴一同生活，吃风，沙，和没有汁的菱角过日子。以后我们坐在一间破屋子里开始飘洋，在云的上头和下头乱滚，被那猛风，粗风，静风，逆风吹着，通过许多大小树林，一直到末了搁浅在沙利伯里平原，撞在一棵白菜根上把屋船碰得粉碎。现在我请求你们，诸位仁人君子，以仁济为怀，布施给我一百方牛肉，一百块黄油，以及干酪，一箱饼干，一大桶啤酒，一小桶甜酒，一桶蒲陶酒，一块金子，一片银子，几枚一分或半分的铜元，一瓶牛乳，一双旧裤子，袜，或皮鞋，或者一服旱烟也好。

译完之后，叹了一口气，觉得安心不少，因为看起来还不十分违碍，而且又想到北京有些公开的图像，也都是阉割过的，大家看了绝不以为奇（从前《改造》上的表纸图案却引起不少非议），那么这《告帮启》里的话自然也很平常，而或者还有点官学的（academical）正派气味呢。

这篇东西写了的第二天，万羽君来谈，说及故乡的周敦夫的“平调”，潘秀女的“花调”等，便记起那些瞽女大都聚居城内的马梧桥一带，招牌上写着“三品词调”四字，因此觉得“话词”一语必须这样写，而《天雨花》等的总名也当作“词本”。上文云“市本”的名称古已有之，理当撤消，但这两个字留作 Chapbook 的译语，似乎也还可以用。

（一九二五年十一月十八日追记一节）

谈目连戏

吾乡有一种民众戏剧，名“目连戏”，或称曰“目连救母”。每到夏天，城坊乡村醵资演戏，以敬鬼神，禳灾厉，并以自娱乐。所演之戏有徽班，乱弹高调等本地班；有“大戏”，有目连戏。末后一种为纯民众的，所演只有一出戏，即“目连救母”，所用言语系道地土话，所着服装皆极简陋陈旧，故俗称衣冠不整为“目连行头”；演戏的人皆非职业的优伶，大抵系水村的农夫，也有木工瓦匠舟子轿夫之流混杂其中，临时组织成班，到了秋风起时，便即解散，各做自己的事去了。

十六弟子之一的大目犍连在民间通称云富萝卜，据《翻译名义集》目犍连，“《净名疏》云，《文殊问经》翻‘莱茯根’，父母好食，以标子名”。可见乡下人的话也有典据，不可轻侮。富萝卜的母亲说是姓刘，所以称作“刘氏”。刘氏不信佛法，用狗肉馒首斋僧，死时被五管锐叉擒去，落了地狱，后来经目连用尽法力，才把她救出来，这本戏也就完结。计自傍晚做起，直到次日天明，虽然夏夜很短，也有八九小时，所做的便是这一件事；除首尾以外，其中十分七八却是演一场场的滑稽事情，算是目连一路的所见，看众所最感兴味者恐怕也是这一部分。乡间的人常喜讲“舛辞”（俗云 əəngwɔ）及“冷语”（sɔɔngwɔ），可以说是“目连趣味”的馀流。

这些场面中有名的，有“背疯妇”，一人扮面如女子，胸前别着一老人头，饰为老翁背其病媳而行。有“泥水作打墙”，瓦匠终于把自己封进墙里去。有“□□挑水”，诉说道：

当初说好的是十六文一担，后来不知怎样一弄，变成了一文十六担。

所以挑了一天只有三文钱的工资。有“张蛮打爹”，张蛮的爹被打，对众说道：

从前我们打爹的时候，爹逃了就算了。现在呢，爹逃了还是追着要打！

这正是常见的“世道衰微人心不古”两句话的最妙的通俗解释。又有人走进富室厅堂里，见所挂堂幅高声念道：

太阳出起红沏沏，（Thaayang tsehchir wungbarngbang,)

新妇滹浴公来张。（Hsingvur huuyoh kong letzang.）

公公唉，匍来张，（Kongkong yhe，forng letzang,）

婆婆也有哼！（Borbo yar yur hang!）

唔，“唐伯虎题”！高雅，高雅！

这些滑稽当然不很“高雅”，然而多是壮健的，与士流之扭捏的不同，这可以说是民众的滑稽趣味的特色。我们如从头至尾的看目连戏一遍，可以了解不少的民间趣味和思想，这虽然是原始的为多，但实在是国民性的一斑，在我们的趣味思想上并不是绝无关系，所以我们知道一点也很有益处。

还有一层，在我所知道的范围以内，这是中国现存的唯一的宗教剧。因为目连戏的使人喜看的地方虽是其中的许多滑稽的场面，全本的目的却显然是在表扬佛法，仔细想起来说是水陆道场或道士的“炼度”的一种戏剧化也不为过。我们不知道在印度有无这种戏剧的宗教仪式，或者是在中国发生的国货，也未可知，总之不愧为宗教剧之一样，是很可注意的。滑稽分子的喧宾夺主，原是自然的趋势，正如外国间剧（Interlude）狂言（Kyogen）的发生一样，也如僧道作法事时之唱生旦小戏同一情形罢。

可惜我十四岁时离开故乡，最近看见目连戏也已在二十年前，而且又只看了一小部分，所以记忆不清了。倘有笃志的学会，应该趁此刻旧风俗还未消灭的时期，资遣熟悉情形的人去调查一回，把脚本纪录下来，于学术方面当不无裨益。英国茀来则（Frazer）博士竭力提倡研究野蛮生活，以为南北极探险等还可以稍缓，因为那里的冰反正不见得就会融化。中国的蒙藏回苗各族生活固然大值得研究，就是本族里也很多可以研究的东西，或者可以说还没有东西曾经好好的整理研究过，现在只等研究的人了。

（一九二五[①]年二月）

【锺校】

①“五”原作“三”。

《香园》①

一

理查白登（Sir Richard Burton，1821—1890）是英国近代的大旅行家，做过几任领事，后授勋爵，但他的大胆不羁却完全超出道学的绅士社会之外。据说有一回格兰斯敦讲演，大谈东方事情，大家屏息谨听，白登独起来说道："格兰斯敦先生，我告诉你，你所说的话，都完全绝对与事实相反。"邻坐的人便将一张纸片塞在他的手里，上边写道："勿反对格兰斯敦先生。此为从来所无。"但白登的名誉（在别方面说也可以算是不名誉）据我们看起来却更伟大地建筑在他的《一千一夜》全译与笺注上，只可惜没有钱买一部旧书来看，单是闻名罢了。亚拉伯有这一部奇书，是世界故事的大观；波斯另有一部东西，也不愧为奇书，这就是蔼理斯在他的大著里时常说起的《香园》。据美国加耳佛顿著《文学上之性的表现》(Calverton, *Sex Expression in Literature*, 1926) 说：

> 白登尽力于《香园》之翻译，自己说是文学工作中的最上成绩，死后却被他的妻毁掉了，她辩护这种风狂的行为说，她希望他的名誉永远无疵瑕地[2]存在。她又把白登的罗马诗人加都路思的未完译本，日记笔记一切稿件，都同《香园》烧掉，以为这是尽她贤妻的责任。白登的妻这样凶猛地毁灭贵重的文稿，其动机是以中产阶级道德为根据，而使白登去翻译像《香园》这种淫书的动机当然是非中产阶级的了。

我在这里不禁联想到刻《素女经》等书的故叶德辉先生了。这些书，自然都是道士造出来的，里边有许多荒谬的话，但也未必没有好的部分，总不失为性学的好资料，叶氏肯大胆地公表出来，也是很可佩服的，——所可怪的是，他却是本来“翼教”的，当然是遵守中产阶级道德，这是一个很大的矛盾。不过这个谜或者也还不难明了，叶氏对于这些书的趣味大约只在于采补一方面，并不在于坦白地谈性的现象与爱之艺术，有如现代常识的人们所见。据京津报上所载，叶氏已在湖南被枪毙了。为什么缘故呢，我们不知道。我希望总不会是为了刻那些书的缘故罢？中国有最奇怪的现象，崇奉圣道的绅士，常有公妻（自然是公人家的）之行为，平时无人敢说，遇有变乱便难免寻仇，这是很常见的。日本的机关《顺天时报》最喜造谣，说中国某处公妻，却不知中国老百姓是最不愿公妻的，决不会发生这种运动，只有绅士与大兵有时要试他一试，结果常常是可怕的反动，古语所谓民变，前年河南红枪会之屠杀陕军，即是明证，别处地方之迫害绅士也多少与这个有关。在中国的日本报专以造谣为事，本来不值得计较，只是因叶德辉的事连带说及，并非破工夫和他对说，要请读者原谅。

二

我前曾说起亚拉伯的奇书《香园》，近日于无意中得到一本。蔼理斯在《性心理之研究》第六册五一三页上说：

> 一经受了基督教底禁欲主义底洗礼以后，爱情便不再是，如同在古代一样，一种急需培养的艺术，而变为一种必须诊治的病症，因此上古尊崇爱底艺术之精神之承继者，不是耶教化的国家，而是回教化的地方了。奈夫苏义（Nefzaoni）底《馥郁的田园》大概是十六世纪在特尼斯

(Tunis) 城的一位著作家所作的，他底卷首语就很明了地表示给我们，爱情并不是一种疾病，感谢神，他把男子底最大的愉快放在女人的身上，并且使女人能够从男子底身上获得最大的快乐。

(采用汉译《爱底艺术》十三页译文，但文字上略有改动，卷首语查原书说的非常率直，比蔼理斯所引还要直说，现在索性改得含混一点了。)

我所有的这一本书，题名《怡神的香园》，奈夫札威上人（Shaykh Nafzawi）原著，全书凡二十一章，这是三卷中之第一卷，仅有首三章，及序文一百十一页。第一章论女人所珍赏的男子，第二章论男子所爱重的女人，第三章论为女人所轻蔑的男子，各以《一千一夜》式的故事申明之。卷首译者引理查白登语曰："这不是给婴孩看的书。"此书在欧洲出版皆非公开，唯照我们的眼光看去，其故事之描写虽颇直率，在中国旧小说中并非希有，故亦不足惊异，但与中国淫书有一相差极远的异点，即其态度全然不同。中国的无聊文人做出一部淫书，无论内容怎样恣肆，他在书的首尾一定要说些谎话，说本意在于阐发福善祸淫之旨，即使下意识里仍然是出于纵欲思想，表面总是劝惩，所说的也就更是支离了。奈夫札威上人的意思却在编一部恋爱的教科书，指导人应该如此而不应该如彼，他在开始说不雅驯的话之先，恭恭敬敬地要祷告一番，叫大悲大慈的神加恩于他，这的确是明澈朴实的古典精神，很是可爱的。我又曾见到一本印度讲“爱之术”（Ars Amatoria，用中国古语应译作房中术）的书，德人须密特所译，名为 *Das Ratirahasyam*（《欲乐秘旨》），共十五章，首论女人的种类，末列各种药方，与叶德辉所辑的《素女经》等很是相像，但与中国也有一个极大的异处，就是这位“博学诗人”壳科加君（Sri Kokkoka）并不是黄帝彭祖之徒，希望白日飞升的，所以他说的只是家庭——至多也是草露间的事，并没有选鼎炼丹这种荒唐思想。我们看过这些书，觉得很有意思，不仅满足了一部分[3]好奇心，比看引用的文字更明白他的真相，又因此感到一件事实，便是中国人在东方民族中特别是落后；在上面的两个比较上可以看出中国人落在礼教与迷信的两重网里（虽然讲到底这二者都出萨满教，其实还是一个），永久跳不出来，如不赶紧加入科学的光与艺术的香去救治一下，极少解脱的希望。其次觉得有趣味的是，这些十五六世纪的亚拉伯印度的古怪书里的主张很有点与现代相合。蔼理斯在他的大著上早已说过，随后经斯妥布思女士的鼓吹，在文明社会（这当作如字讲，我并不含有一点反意）差不多都已了解，性的关系应以女性为主，这一层在那异教徒们所④提倡的似乎也是如此。文明社会如能多少做到这样，许多家庭与恋爱的悲剧可以减少，虽然全体的女子问题还须看那普天同愤神人不容的某种社会改革能否实现才能决定，我们此刻无须多嘴的了。

（十六年八月五日，于北京）

【锺校】

①本文第一节初刊于1927年4月30日《语丝》126期，题为《香园——闲话拾遗（二七）》。第二节初刊于1927年8月13日《语丝》144期，题为《再谈香园——随感录（一七）》。

②此处原衍“的”字，已删。

③原无“分”字，今增。

④“所”原作“他”。

违碍字样

不知怎么的，做书或文章的人总喜欢用“违碍字样”，多的连篇累页，少的也有一句半句，有的扰乱治安，有的则坏乱风俗，更足为人心世道之忧。维持礼教为职的政府，对于这些文书不能不有相当的处置，这是很明了的事。其办法有二，一是全部的禁止，一是部分的删削。禁止，便如南开中学之下令没收《情书一束》等五种“淫书”，是很干脆的，但也就很简单，没有什么花样可说。删削，可就大不相同了。在清朝有所谓抽毁的办法，或者更宽一点，变成存文而除名，我曾见一部尺牍中有几封信的作者是三个方框。“洋务”我本不很熟悉，但看丹麦勃阑台思博士的纪录，觉得俄帝国的方法倒是颇有意思的。勃博士往波兰去，携有好些法文书籍，入境时被该管官厅拿去检查，后来领回一看，有许多地方都被用墨涂得“漆黑一团”了！据说这还算是好的，因为背面的一页都可以看，有些是用剪刀来剪，把背面不违碍的话也附带了去。日本除了在他们眼睛里看去是“赤色”的以外，原文的书籍似乎不很禁止输入，虽然山格与斯妥布思两位女士的大著听说是不准上岸的。文学方面就是所谓“自然主义”的小说也还宽容，可是在译本上就大大的不然了。大约是内务省警保局所管的罢，有专门检阅的官，拿起朱笔来在印刷样本上一抹，这一部分就不行，若想平平安安地出版，便非把他删去不可。有些译本自然就删去完事，有些却不赞成，因为主张忠实于原本起见，乃改用“伏字”，于是读到一处，其文为若干点点点，圈圈圈，或叉叉叉，其数与逸文相等，旁边仍有标点符号。有一个时候忽然神经过敏，连“子宫”都不敢（或准）写（自然不是小说而系纪事或广告），却避讳作“子×”，实在奇怪得很，——中国西医创造新字，称子宫为“孑”旁加一“宫”字，原也有同样的奇怪。幸而现在这种怪现象似乎已经没有了。以后或者是轮到中国身上，大家要避起这样的讳来了罢？

英美对于这些事情的谨慎，是由于检阅官的吩咐，还是译者的自动的主持呢，我全不知道，总之，译本的删削是常有的。他们大抵简直地跳过去，并不说一声对不起。至于古典文学，或者因为译者多少有点学究气，对于原本总想忠实，所以多不径自删削而采用伏字的办法。不过这个伏字法与日本的不大相同。我见过一本波加屈（Boccaccio）的《十日谈》，有几节没有译出，保留意大利原文，完全看不懂；还有一回从子威君借来贝忒洛纽思（Petronius，即《你往何处去》里边的俾东）的一卷小说，也是这样，有两三章简直全体是拉丁文。秋节前领到民国十四年四月分薪之六成一，跑到久违的北京饭店去，想买一本书压压这一节的买书账，结果同书店的小掌柜磋商之后，花了五块半钱，买到一册“Loeb 古典丛书”里的《达夫尼思与赫洛蔼》（*Daphnis et Chloe*）。这是希腊英文对译的，卷末还附有巴耳台纽思（Parthenius）的恋爱小说梗概（原名《关于情难》）三十六篇。我原有一本对译的《达夫尼思》，但是中有缺略，大约因为在现代文明绅士听了有点不很雅驯之故罢。查新得本卷三第十四节以下，原文是完全的，但是，——唔，英译呢是没有了，在那里的乃是一行行的拉丁译文，一眼看去倒似乎不大奇异，因为上下都是用的罗马字。这回颇引起了好奇之心，想知道这所隐藏的到底是怎样的话，用了一点苦工把他查了出来，原来是说一个少妇教牧童以性交的姿势及说明，在现代讲性欲的书册里是绝不足奇的。多谢古典语的质素，他的说法总是明白而不陋劣。卷三之十九，少妇吕恺尼恩对达夫尼思说：“你记住，我现在赫洛蔼之先将你做成一个男人了。”这些颇有古牧歌的风味。卷四末节叙二人之结婚云：“达夫尼思与赫洛蔼共卧，互抱接吻，这一夜几乎没有睡觉，像猫头鹰一样。达夫尼思应用了吕恺尼恩所教他的事，赫洛蔼也才知道以前在树林中所玩的只是儿童的游戏。”这在“古典丛书”中是有英译的，但原本在人名底下有一个字曰Gymnoi，系主格复数的形容词，意云裸体，在英译中却没有，我的译文里也觉得放不进去了。这种地方或者可以看出文字之力量有高下，但不见得便能成为译文可以删减或隐藏的证据罢。

（一九二六年十月）

上海气

我终于是一个中庸主义的人：我很喜欢闲话，但是不喜欢上海气的闲话，因为那多是过了度的，也就是俗恶的了。上海滩本来是一片洋人的殖民地；那里的（姑且说）文化是买办流氓与妓女的文化，压根儿没有一点理性与风致。这个上海精神便成为一种上海气，流布到各处去，造出许多可厌的上海气的东西，文章也是其一。

上海气之可厌，在关于性的问题上最明了地可以看出。他的毛病不在猥亵而在其严正。我们可以相信性的关系实占据人生活动与思想的最大部分，讲些猥亵话，不但是可以容许，而且觉得也有意思，只要讲得好。这有几个条件：一有艺术的趣味，二有科学的了解，三有道德的节制。同是说一件性的事物，这人如有了根本的性知识，又会用了艺术的选择手段，把所要说的东西安排起来，那就是很有文学趣味，不，还可以说有道德价值的文字。否则只是令人生厌的下作话。上海文化以财色为中心，而一般社会上又充满着饱满颓废的空气，看不出什么饥渴似的热烈的追求。结果自然是一个满足了欲望的犬儒之玩世的态度。所以由上海气的人们看来，女人是娱乐的器具，而女根是丑恶不祥的东西，而性交又是男子的享乐的权利，而在女人则又成为污辱的供献。关于性的迷信及其所谓道德都是传统的，所以一切新的性知识道德以至新的女性无不是他们嘲笑之的，说到女学生更是什么都错，因为她们不肯力遵"古训"如某甲所说。上海气的精神是"崇信圣道，维持礼教"的，无论笔下口头说的是什么话。他们实在是反穿皮马褂的道学家，圣道会中人。

自新文学发生以来，有人提倡"幽默"，世间遂误解以为这也是上海气之流亚，其实是不然的。幽默在现代文章上只是一种分子，其他主要的成分还是在上边所说的三项条件。我想，这大概就从艺术的趣味与道德的节制出来的，因为幽默是不肯说得过度，也是 Sophrosune——我想就译为"中庸"的表现。上海气的闲话却无不说得过火，这是根本上不相像的了。上海气是一种风气，或者是中国古已有之的，未必一定是有了上海滩以后方才发生的也未可知，因为这上海气的基调即是中国固有的“恶化”，但是这总以在上海为最浓重，与上海的空气也最调和，所以就这样的叫他，虽然未免少少对不起上海的朋友们。这也是复古精神之一，与老虎狮子等牌的思想是殊途同归的，在此刻反动时代，他们的发达正是应该的吧。

（十五年二月二十七日，于北京）

答芸深先生

芸深先生：

来信对于曼殊深致不满，我亦有同意处，唯虑于青年有坏影响，则未必然。曼殊是一个很有天分的人，看他的绝句与小品文，可以知道，又生就一副浪漫的性情，颇足以代表革命前后的文艺界的风气，但是他的思想，我要说一句不敬的话，实在不大高明，总之还逃不出旧道德的樊篱，——这在诗人或者是难免的，即如白采君的《绝俗楼我辈语》中也常见到旧时代的旧话。我不相信文学有什么阶级可分，但文学里的思想确可以分出属于某一阶级某一时代的，如封建时代或有产阶级之类，中国现今的道德观念多半以私产制度为标准，所以世俗对于亲子男女间的思想也纯粹建立在这上面。我不相信诗人应当是“先知”，拿着十字架在荒野上大叫，但有健全的思想的诗人总更使我喜欢，郭沫若先生在若干年前所说“诗人须通晓人类学”（大意如此）这一句话，我至今还是觉得很对；法国都德（A. Daudet）关于两性问题说过愚话，我就有点不敬，觉得他真是有产阶级的人，无论他实在有没有产，虽然他的短篇还是可以爱读，正如说谎的厨子所做的包子之无碍其为好吃也。

曼殊思想平常，或者有点像旧日读书人（仿佛是胡适之博士也曾在《新青年》通信上痛骂过《绛纱记》），他的诗文平心说来的确还写得不错，或者可以说比一般名士遗老还要好些，还有些真气与风致，表得出他的个人来，这是他的长处。先生说曼殊是鸳鸯胡蝶派的人，虽然稍为苛刻一点，其实倒也是真的。鸳鸯胡蝶派的末流，诚然是弄得太滥恶不堪了，但这也是现代中国在宣统洪宪之间的一种文学潮流，一半固然是由于传统的生长，一半则由于革命顿挫的反动，自然倾向于颓废，原是无足怪的，只因旧思想太占势力，所以渐益堕落，变成了《玉梨魂》这一类的东西。文学史如果不是个人的爱读书目提要，只选中意的诗文来评论一番，却是以叙述文学潮流之变迁为主，那么正如近代文学史不能无视八股文一样，现代中国文学史也就不能拒绝鸳鸯胡蝶派，不给他一个正当的位置。曼殊在这派里可以当得起大师的名号，却如儒教里的孔仲尼，给他的徒弟们带累了，容易被埋没了他的本色。《语丝》上讲起他来，也只是随便谈谈，或者想阐明一点真相，这个意思在执笔的人也是有的，此外并无提倡或推崇的意味。《语丝》社并没有一个固定的要宣传或打倒的东西，大家只在大同小异的范围内各自谈谈，各人的主张，由本人负责，全是三不管的办法：自然，有些话是决不说的，例于狮子牌老虎牌等杂志的话头。我们希望读者只看了当作参考，如听朋友的谈天，不要不经过自己的判断而就相信。因此我觉得《语丝》上谈论曼殊是不会给予青年以不良影响的，这是我与先生意见不同的地方。事实上，现今的青年多在鸳鸯胡蝶化，这恐怕是真的。但我想其原因当别有在，便是（1）上海气之流毒，（2）反革命势力之压迫，与革命前后很有点相像。总之，现在还是浪漫时代，凡浪漫的东西都是会有的。何独这一派鸳鸯胡蝶呢？现在高唱入云的血泪的革命文学，又何尝不是浪漫时代的名产呢？

十六年五月三十日，岂明，于北京。

文学谈

日文报上有人批评一篇小说（当然也是日本人所做的），说这是无产阶级文学家的作品，但看他的妇女观恋爱观还全是旧式的颓废思想，所以不免是个疑问。我觉得这句话说得很有意思。在无产阶级运动里，劳工与妇女的运命要同样地起一个大变化，他的利益决并不限于嗟穷诉苦的一班读书人（男子）之得志，这大约是谁都承认的。倘若只因自己不得意的缘故，想发牢骚，自称无产阶级，思想上却毫无改变，还是信奉夫为妻纲，把女人当作私有的一种器具，那实在与道学家相去无几，他们也终只是旧式文人的变相罢了。我想文学里不会有什么阶级，但所表现出来的可以是属于某一阶级或时代的精神，文字形式也可以因了内容而有若干的差异。现今弥漫于上下的，的确是资产阶级的思想，以私产制度为根基的道德与风俗，例如偏重女性贞操，纳妾蓄婢，宿娼等之公认及讴歌，都是明证，同时也有极少数人起来反对，在文艺上可以看出这种“反有产阶级思想”之痕迹，——我不称他为无产阶级思想，因为我觉得这不是阶级的问题，虽然这多少与实际的社会运动先后发生，但这些人未必以阶级意识为主动，实在只是其思想态度与因袭的资产阶级思想相反，故出于反抗的举动。在中国，有产与无产这两阶级俨然存在，但是，说也奇怪，这只是经济状况之不同，其思想却是统一的，即都是怀抱着同一的资产阶级思想。无产阶级而抱着资产阶级思想!？是的，我相信这是实情。贫贱者的理想便是富贵，他的人生观与土豪劣绅是一致的，其间的关系只是目前的地位，有如微时的汉高祖楚霸王之于秦始皇。中国资产阶级弄许多婢妾，表面上加上一点圣贤之话做修饰，如不孝有三无后为大之类，无产阶级的妇女观大要相去不远，或者不过说得还要老实显露一点而已。现在如以阶级本位来谈文学，那么无产阶级文学实在与有产不会有什么不同，只是语句口气略有差异，大约如白话的一篇书经，仍旧是鬼话连篇。正如一个亭长出身的刘邦补了秦王的缺不能就算社会革命，把那些古老思想从民众口里（或凭了民众之神圣的名）重说出来，也不见得就可以算是文学革命了。有产者未必能赞成反资产阶级思想的潮流，但无产的智识阶级我想至少也应离开资产阶级思想的泥沟，振作一番才好。日本有些自称无产阶级文学家，差不多就是以贫贱骄人的旧式名士，甚矣传统之力之强大也。吾中国其亦以此为鉴也可。

（十六年六月二十日）

希腊的小诗

希腊的小诗，平常大抵指那“诗铭”（Epigramma）。诗铭最初用于造像供品及墓石上，所以务取文词简约，意在言外。古人有一首诗说得最妙，原意云：

（1）诗铭两行是正好，倘若过三行，
你是唱史诗，不是做诗铭了。

罗马人从希腊取去了诗铭的形式，却多用在讽刺上面，于是内容上生了变化；拉丁文学里的诗铭的界说是这样的：

（2）诗铭像蜜蜂，应具三件事：
一是刺，二是蜜，三是小身体。

后来欧洲诗人做诗铭者，多应用这项说法，但这实在只是后起的变化，不是诗铭的本色；在希腊诗人看来，他的条件只是简炼一种而已。这一篇里所引，并不限于狭义的诗铭，并包含格言诗恋爱诗及断片在内，因为这些诗虽然种类不同，简炼的特色原是一样，所以我便把他们统称作小诗了。

二千四百年前，三百个斯巴达人守温泉峡（Thermopylai），与五百万的波斯大军[1]对抗三日，全数战死，诗人西蒙尼台斯（Simonides）为作墓志云：

(3) 外方人，为传语斯巴达人，
我们卧在此地，依照他们的规矩。

这是世界知名的小诗，不但表出斯巴达人的精神，那希腊文化所特有的“节制”之德也就在文艺上明白的表现出来了。但他也能作深刻的讽刺，这是他替当时的无赖诗人帖木克勒恩假作的墓铭：

(4) 罗兑斯人帖木克勒恩卧此，
他吃过许多，喝过许多，
说过许多坏话。

女诗人萨普福（Sappho）生在基督前六世纪时，以抒情诗著名，《希腊诗选》中存有诗铭三首，今取其一：

(5) 渔人贝拉刚（墓）上，
父亲门尼科思安置了渔网和桨，
——辛苦生活的纪念。

哲人柏拉图（Platon）少年时做过许多诗，现在把他最有名的两首译出在下面：

(6) 以前你是晨星，照过人间，

现在死去，在死人中辉耀如长庚。

(7) 我的星，你正在看星，我愿得

化身为天空，用许多的眼回看你。

第一首是伤逝的诗，因为女人叫亚斯德耳（Aster 义云星），所以很巧妙的用了启明与长庚来衬帖她。第二首是普通“我愿”式的情诗，但也做得非常巧妙；这仿佛是对月思人一类的动机，唯青白的月光普遍的有几乎能使人风狂的魔力，现在却只是诗人空灵的思致所造出的罢了。我的星，犹云我的运命，是情人的一个极好的代名词；因为古人相信诞生时值日的星宿主宰他一生的祸福，所以有占星术等去查考这些关系。希腊文学虽是理想地富美，但雅典时代以来的“词章学”，正如一切词章学一样，在好影响以外也给予坏的影响；这固然以在后世为最显著。我们看柏拉图的小诗，也就觉得美妙而近于危险，到了文艺复兴末期的诗人手里，不免变为纤巧穿凿的“雅体”了。

(8) 我送乳香给你，并不教他去熏你，

只是望他因你而更香。

这是无名氏的一首诗，与上边的正是一类。

以下是萨普福的几章断片，关于这个译文，我想带便说明一句。我相信只有原本是诗，不但是不可译，也不可改写的。诚实的翻译只是原诗的讲解，像书房里先生讲唐诗给我们听一样，虽是述说诗意，却不是诗了。将自己的译本当作诗，以为在原诗外添了一篇佳作，那是很可笑虽然也是可恕的错误；——凡有所谓翻译的好诗都是译者的创作，如菲孜及拉耳特的波斯诗，实在只是“读唵玛哈扬而作”罢了。因此我们的最大野心不过在述说诗意之外，想保存百一的风韵，虽然这在译述希腊诗上明知是不可能的事。萨普福诗尽散逸，以下五节皆系断片，并非完全的。

(9) 月落了，昴星也降了，
正是夜半，时光过去了，
我独自睡着。

(10) 爱摇我的心，
(有如) 山风落在橡树上头。

(11) 爱摇动我，——融化支体的爱，
苦甜，不可抗的物。

(12) 正如甘棠在树顶上发红，
在树顶的顶上，所以采果的人忘记了；
不，不是忘记，只是够不着。

(13) 黄昏呀，你招回一切，
光明的早晨所驱散的一切，
你招回绵羊，招回山羊，招回小孩到母亲的旁边。

(14) 我将编白地丁，将编柔软的木水仙和
桃金娘，我将编那微笑的百合，
将编甜美的番红花，更编入紫的风信子，
将编那恋人们所爱的蔷薇，——
戴在香发的日惠的鬓上，
当作华鬘饰她的丰美的长发。

这一首是二千年前时人美勒亚格罗思（Meleagros）所作，寄其恋人日惠（Heliodora）者；他是个东方人而受希腊的文化教育，所以颇能代表亚力山大时代的文学倾向。

以下一首无名氏的诗，大约也是同时代之作。

(15) 蒲桃尚青的时候你拒绝了我；
蒲桃熟了，你傲然走过去；
但不要再吝惜一球罢，
现在蒲桃已要干枯了。

(16) 同我饮酒，同年少，同恋爱，同戴华冠，
狂时同我狂，醒时同我醒。

这是饮酒歌之一。有一首格言诗，云系西蒙尼台斯之作，颇能同样的表出希腊人的现世主义的思想。

(17) 健康是生人的第一幸福，其次是先天

的美，

第三是正当的富，第四是友朋间常保年少。

但是厌世思想也常占有诗人的心田，发出悲痛的歌，在衰亡时代为尤甚，下列三首都属此类。为诗人自悼之诗，末一首更为简括。

（18）我裸体来到地上，又将裸体走往地下，

为甚么还要徒劳，既知究竟只是裸体。

（19）我的名字，——这算什么？

我的籍贯，——这又算什么？

我的门第是高贵的。但倘若是卑贱呢？

我生前荣显。但倘若是屈辱呢？

我现在卧在此地。谁会把这些事告诉别人？

（20）不曾有过，——我今生了；

曾经有过，——我今不存了：如是而已。

如有人不是这样说，他是说诳。

我将不复存了罢。

以上二十章中，第四第八及十五这三首系从英文重译的，所以或者不甚确，也未可知。其馀都努力保存他的原意，但可惜能保存的也只是原意罢了。第十

九首原只四行，因排列便利，将第一行分作两半；第二十首原只两行，现在却写成四行了。又有四篇，在《论小诗》上曾经引用过，但今经改译，字句上稍有不同了。

（一九二三年七月）

【锺校】

①“五百万的波斯大军”，威廉·兰格主编《世界史百科全书》云波斯军力为十八万。

希腊的小诗二

一　赠所欢

Phainetai moi kenos isos theoisin——Sappho

我看他真是神仙中人，
他和你对面坐着，
近听你甜蜜的谈话，
与娇媚的笑声；
这使我胸中心跳怦怦。
我只略略的望见你，
我便不能出声，
舌头木强了，
微妙的火走遍我的全身，
眼睛看不见什么，
耳中但闻嗡嗡的声音，
汗流遍身，

全体只是颤震，

我比草色还要苍白，

衰弱有如垂死的人。

但是我将拚出一切，

既是这般不幸。……

我真是十二分的狂妄，这才敢来译述萨普福的这篇残诗。像斯温朋（Swinburne[①]）那样精通希腊文学具有诗歌天才的人还说不敢翻译，何况别人，更不必说不懂诗的我了。然而，译诗的人觉得难，因为要译为可以与原本相比的好诗确是不可能，我的意思却不过想介绍这二千五百年前的希腊女诗人，译述她的诗意，所以还敢一试，但是也不免太大胆了。我不相信用了骚体诗体或长短句可以译这篇诗，也还不知道用中国语可否创作“萨普福调”，——即使可以，也在我的能力以外，不如索性用散文写出较为干净，现在便用这个办法。

萨普福（Sappho = ㄙㄚㄆㄈㄛ，在诗中自称为Psappho）生于基督前五世纪，当中国周襄王时，柏拉图称之为第十文艺女神。据说雅典立法者梭伦（Solon）闻侄辈吟萨普福的诗，大悦，即令传授，或问何必亟亟，答云：“俾吾得学此而后死。”《希腊诗选》中录其小诗三首，序诗云，“萨普福的（诗）虽少而皆蔷薇”（Sapphous baia men alla rhoda），有九卷，后为教会所禁毁，不传于世，近代学者从类书字典文法中搜集得百二十馀则，多系单行片句，完全的不过什一而已。在十行以上者只有两首，现在所译即是其中之一。

这首诗普通称作 *Eis Eromenan*，译云《赠所欢（女子）》，见三世纪时朗吉诺思（Longinus）著《崇高论》（*Peri Hypsous*）第十节中。著者欲说明文章之选择与配合法，引此诗为例，末了说道：

> 这些征候都是恋爱的真的结果，但此诗的好处如上边所说却在于把最显著的情状加以精审的选择与配合。

所以反过来说也可以说这是相思病（与妒忌）之诗的描写，颇足供青年之玩味也。

这诗里有一点奇怪的地方，便是所谓所欢乃指一女友（Hetaira），后人谓即是亚那克多利亚（Anaktoria）；据说萨普福在故乡列色波思讲学，从者百许人，有十四女友及女弟子（Mathetriai）最相亲，亚那克多利亚即其一人。因这个关系后世便称女子的某种同性恋爱为 Sapphism，其实不很妥当，女友的关系未必是那样变态的，我们也不能依据了几行诗来推测她们的事情。总之这既是一篇好诗，我们只要略为说明相关联的事，为之介绍，别的都可以不管了。

原诗系据华敦的《萨普福集》第四版重印本（Wharton：*Sappho*，1907）。

（三月十七日附记）

二　戏译柏拉图诗

He sobaron gellassa kath Hellados, he ton eráton
Hesmon eni prothurois Lais ekhousa neon,
Tei Paphiei to katoptrom epe：toie men horasthai
Ouk ethele, hoie d'en paros ou dunamai.

——Platon

我拉伊思，
昔日里希腊岛容我恣笑傲，
门巷前诸年少都为情颠倒。
我现在把这铜镜儿，
献进在神女庙：
我不愿见今日的鹤发鸡皮，
又不能见昔年的花容月貌。

这一首诗见于《希腊诗选》，据说是梭格拉底的大弟子柏拉图所作，但近代考订学者都说不很的确，总之比那大柏拉图要迟一点，虽然不失其为名诗之一。拉伊思系古代希腊有名妓女，大约与柏拉图同时，关于她有好些故事流传下来。她在雅典名动一时，贤愚老幼群趋门下，冀求亲近，犬儒迭阿该纳思甚见宠幸，雕刻家牟孔往见被拒，染白发为棕色，再往，拉伊思笑语之曰："愚哉，昨日你的老子来，我已拒绝他了，你也来学他么？"后拉伊思往斯巴达，亦甚有名，为妇女们所恨，一日被杀于爱神庙中，时为基督前三百四十年顷云。古人献纳或造像，率有题词，唯拉伊思献镜当系后人拟题，据上述传说，她未必活到古稀，——虽然这样的考证未免有点像痴人说梦。这四行诗照例用了希腊人的几乎吝啬似的说法，很简要地做成，直译出来是这样的意思：

我拉伊思，曾笑傲于希腊之上，有年少欢子，群集门前，今将镜子献给巴菲亚女神：因我之今所不愿见，我之昔又不能见了。

把我的前面的译文拿来一比较，实在可以说是太"放诞"了。但是在《康忒伯利诗人丛书》本中见到伽纳忒博士（Richard Garnett）的一篇译诗，觉得放诞一点的也并非没有。其词曰：

Venus, from Lais, once as fair as thou,
Receive this mirror, useless to me now;
For what despoiling Time hath made of me
I will not, what he marred I cannot, see.

不过这总不大足以为训，况且好好一篇古典的作品，给我把它变成一种词馀似的东西，不必说文词不高明，就是格调也大异了：这种译法真如什师娶亲不足为法，所以我声明“戏译”，戏者不是正经工作之谓也。

（十五年二月十七日）

三　读本拔萃

阅美国亚伦教授的《第一年希腊文》，是一本很好的大学用教科书，从字母讲起，但末了便可接读克什诺封（Xenophon）的《行军记》。书中引用的文章，除文学历史外，还有欧克勒得思的三四课几何！第七十课中引美勒亚格罗思（Meleagros）诗云：

Ixon ekheis to philema，ta d'ommata，Timarion，pur：
En esides，Kaieis；en de thiges，dedekas.

你的亲吻是黐粘，
荣子呵，你的眼睛是火：
你看过的都点着了，
你触着的都粘住了。

这是一首很好的情诗，是我所很喜欢的，虽然是亚力山大府时代的东西，不免有点纤丽。七十一课里却又有古希腊的军歌，在爱斯屈洛思（Aiskhulos = Aeschylus）的悲剧《波斯人》中，说耶稣前四百八十年时希腊人在撒拉米思海战，唱着这个军歌，原文今只录其首行：

Opaides Hellenon ite!

呵，希腊的儿郎们，去罢，
救你的祖国，
救你的妻儿，——
你父亲的诸神的住宅，
你祖先的坟墓，
奋斗，为大家奋斗！

这一篇我也以为是好的。最后我还抄一句“定理”：

Ta tou autou isa kai allelois estin isa.

据民国新教科书《几何学》第二页，现今通用译语为“等于同量之量互等”。

（丁卯春分日）

四　古诗

今年北京初夏[2]是五行志里的天气，可以说是民国以来所未有，在人事方面也是如此。并不是我不服老，实在是因为这个天气的缘故，使我在四五月里，病了有好几次。近来又患喉痛，躲在家里，无聊时只能找出旧书来消遣，有一本《希腊古诗选》，翻开讲坟墓与死的一部分来看，有些实在非常之好，心想译他出来，反复试了几遍，终于不成功。有几首戏译作偈式，当然不像原来的色相了，不过也还古怪得有意思，选录三首于此，可惜这半天的破扫帚扫地之白费也。

一　Karteros en polemios——Anakreon.

提摩揭多尸　战斗最勇猛　此为其墓表
战神阿勒尸　不珍惜勇士　而惜懦怯者

二　Tis xenos, o nauege? ——Kallimakhos.

汝死水难者　是谁埋葬尔
卢恩谛诃斯　岸边得我尸
于此为造墓　垂泪念凶运
自身亦非安　如鸥飘海上

三　Kuanopin Mousan——无名氏

黑眼慕萨女　美音之黄鹂
倏忽入坟墓　遂尔无声息
严卧如石头　全慧有荣誉
黄土覆汝上　愿汝勿觉重

以上第一是战死者的墓铭，第二是死于航海的，第三是一个名叫慕萨的歌女。还有一首，虽然很喜欢，却总是写不好，只能把大意译出罢了，这也是无名氏作，大抵是罗马时代的作品。

Anthea polla genoito neodmet ōepi tumbō,
Mē batos auchmērē, mē kakon aigipuron,
All'ia kai sampsucha kai hudatinē narkissos,
Ouibie, kai peri sou panta genoito rhoda.

愿群花生长，绕此新坟，
不是干的荆棘，不是恶的羊踯躅，
却是紫花地丁，藿香花，以及湿的木水仙：
维褒思，我愿你周围满生蔷薇。

上边所说的花除荆棘外都非确译，紫花地丁与蔷薇似乎还可以对付，虽然实际是很不相同。

（一九二七年五月）

五　希腊情诗六首

从希腊诗选中抄译了六首小诗，送给春蕾社。这些诗的时代并不一致，如第四首的作者是二千二百年前的人，生当中国周末，而第六首乃是六朝时代的作品了。

十六年九月十五日记。

一　美勒亚格罗思作

（Ou sol tout' eboōn? —Meleagros.）

灵魂儿，我不曾喊叫么：

凭了女神，你要被捕住了，
你这情痴，倘若走近那个黏竿？
我没有喊叫么？现在竟却抓住你了。
你为甚空在网里挣扎？
爱神已经缚了你的翅膀，把你放在火上，
乘你昏沉时候撒上些乳香，
只有热泪给你喝了止渴。

二　前人作

(Deinos Eros，deinos.)

爱是厉害呀，厉害！但是有什么用，
如我反复地说，叹几口气，说爱是厉害？
那孩子听了会笑的，
因为多被人家咒骂，他反乐了；
我如说些恶话，他也是听惯了的。
我只奇怪，爱之女神，你是从碧浪出来的。
你怎能从水里生下这么一个火来！

案后世传说云，爱之女神 Abhrodite 自海波中出现，爱神 Eros 为其子，状如小儿，有翼，手执弓矢，被射中者便感恋爱，有如狂易，故诗中云火。

三　前人作

(Anthodiaite Melissa.)

餐花的蜜蜂，你为甚触日惠的皮肤，

留下一点春天的花萼？

你莫不是说，就是爱神的刺——

在人心里觉得苦不可当的刺上，也有甜蜜么？

我想是的，你是这样说。

啊，可爱的。你回去罢，

你这意思我们是早已知道了。

四　亚思克勒比亚台斯作

(Ouk eim' oud' eteon—Asklepiades.)

我还没有二十二岁，却倦于生活了。

爱神们，为什么虐待我，为什么烧灼我？

倘若我出了什么事，你将怎么办？

我想你们还是一点都不管，

照旧掷你们的骰子罢。

五　加利玛科斯作

(Helkos ekhon ho xeinos—Kallimakhos.)

客人受伤了，没有人知道：

你看，他从胸底发出怎么悲苦的叹息。

他现在喝第三杯了，

花环上的蔷薇花片散落在地上了。

他确是发烧着哩。

凭了神道们，我猜得不很错。

贼能知道贼的足迹。

六　保罗作

(Diklides amphetinaxen—Paulus Silentiarlus)

晚上乳白女当我面掩上双扉，
又说了些欺人的恶话。
“欺侮破相思。”——
这句话却说得不确。
她的欺侮更增加了我的狂恋：
我立誓要和她断绝一年，
但在今晨就已走去乞怜。

附注，乳白女原文为 Galateia，今姑译其大意如此。

【锺校】

①“Swinburne” 原作 “Swinbnrne”。

②“夏” 原作 “春”。

日本的讽刺诗

这种讽刺诗在日本称作“狂句”，普通叫作“川柳”。狂句是俳句的变体，正如狂歌是和歌的变体。当初由俳谐连歌发生一种异体，先出七七二句为题，令各人续五七五的三句，名“前句附”，其前句务取意义广泛者，以便续者可以自由构思。《文学小话》中所载，即其一例。

圆而方，长且短，

拿了圆盆盛着一方豆腐的跛脚。

同

汲取月光的，井阑内的双吊瓶。

山崎宗鉴的《犬筑波集》里也收着同类的句，今录其一：

也想炒，也想不炒，

穷和尚收着的一点豆子。

以上所举，要是没有前句，意思便不很明白，但是也有许多句子，即使独立也有完全的意义，如下一句：

忙碌煞，忙碌煞，

装作大雷，好容易给穿上了肚兜。

于是前句附遂摆脱了前句，成为十七字的滑稽诗，先称“俳风狂句”，随后因祖师川柳的名字称为“柳风狂句”，现在只直称“川柳”了。

绿亭川柳本名柄井八右卫门，生在十八世纪后半，原来也是芭蕉派下的俳人，那时前句附虽然盛行，却并未别立门户，那些开业授徒的“点者”多是俳人兼充，川柳认定这种小诗的独立价值，离开俳坛，专门管这一方面，这就是所以成为祖师的理由。这一派的句集，有《柳樽》，陆续刊行，有三百八十多卷，又《古今前句集》二十卷，是代表的总集；现代还很旺盛，刊有《新川柳六千句》，《当世新柳樽》等及月刊杂志颇多。

川柳的形式与俳句一样，但用字更为自由，也没有“季题”等的限制。内容上，当初两者都注重诙谐味及文字的戏弄，唯“蕉风”的句倾向于闲寂趣味，成为“高蹈派”的小诗，川柳也由游戏文章变为讽刺诗，或者可以称为风俗诗。

川柳的讽刺大都是[①]类型的，如荡子迂儒，逃亡负债之类，都是“柳人”的好资料，但其所讽刺者并不限于特殊事项，即极平常的习惯言动，也因了奇警的着眼与造句，可以变成极妙的略画。好的川柳，其妙处全在确实地抓住情景的要点，毫不客气而又很有含蓄的投掷出去，使读者感到一种小的针刺，又正如吃到一点芥末，辣得眼泪出来，却刹时过去了，并不像青椒那样的黏缠。川柳揭穿人情之机微，根本上并没有什么恶意，我们看了那里所写的世相，不禁点头微笑，但一面因了这些人情弱点，或[2]者反觉得人间之更为可爱，所以他的讽刺，乃是乐天家的一种玩世不恭的态度而并不是厌世者的诅咒。德川时代前期的文艺，以上方（京都大阪）为中心，后来形势转换，到江户这边来了；川柳便是江户文学里的一支，在机警洒脱这一方面，可以说是最代表东京人的“江户子气质”的东西了。

要介绍外国的讽刺诗，有两重困难。无论哪一国的东西，只有他原文的一篇是诗，其馀的便都不是：所以我们译诗，当先承认自己所写下的不是原诗，只是原诗的散文注，这才觉得还可以说得过去。但是讽刺诗的趣味却有一大半在诗形上面，倘若只存意思而缺了形式，便失了特色，弄得好，也不过是一则笑林罢了。其次，讽刺诗里多含着风俗的分子，不加说明便不易懂，加了说明又减少原有的趣味。现在把明白易解者选录三十八句，解说如下，以见一斑。第一句附加原文，以下略。

（1）Kaminario manete haragake yatto sase，
装作大雷，好容易给穿上了肚兜。

（2）“据说是很美丽呢”，后妻这样说。

（3）插着棒香，尽称赞前回的媳妇。

（4）水上施食，讲着媳妇们的事，船已到了岸。

（5）“你们笑的什么？”老太爷的放屁。

（6）银烟管失落的话，已经听了三遍。

（7）长坐的客，烟管放进去，又拿出来。

（8）河东节，亏煞是亲戚，听了他两出。

（9）哭哭啼啼地，还拣取好的，——分寿货。

（10）象棋败了两盘，再说借钱的话。

（11）“不在家罢！”看穿了来的大除夕。

（12）劝诱员，这回是称赞院子里的松树。

（13）无聊赖地，称赞那首“辞世”，医生站起身来。

劝诱员大抵是保险公司的雇员，专门兜揽[③]寿险生意的，辞世是临终时所咏的歌句。

（14）睡着的是第一个来取药的人。

这是形容从前汉法医摆空架子的句。

（15）看着手纹，每一条上说出什么坏处。

（16）武士一个人，被大家谯呵的伏中晒晾。

三伏中晒衣物称为 Doyoboshi，那时武士一点都不中用，所以被家人谯呵，现在武士阶级没有了，但这种情形还是存在。

（17）从对面用着砚台的食客。

（18）不认得的字，姑且念做什么字罢。

（19）纳凉台上，又起头了，星象的议论。

（20）仔细看时，够得到的地方都是涩柿子。

（21）从楼上跌下来的临终的热闹呀。

（22）皮夹子变成凹凸的发薪日。

（23）愿得生极乐，捐助洋二元。

（24）衣锦归来，却早是人妻了也。

（25）避暑旅馆里，间壁的“丸髷”也像是假的。

（26）纸烟店，为那新梳的“丸髷”减少了顾客。

丸髷是一种圆形的发髻，结婚的女子始梳此头。

（27）“昨天晚上……”，彼此说着伸出舌头。

这一句是形容荡子相见的情形。

（28）美男子，——“她看我么？”问同伴的人。

(29) 媚药，——过了十天，还是没有什么信息。

(30) 守着空闺的男子的大麻脸。

(31) 大诗人，是多病身而且爱喝酒。

(32) 要紧的地方，箍上了罗马字的象征派。

(33) 被人询问老虎的叫声，儒生发了窘。

(34) 在《四书》《文选》的中间，夹着读(吉原的)《细见》。

这都是嘲儒生的，《细见》仿佛是指南，专讲吉原游廓的情形的。

(35) 神乐坂，终于用了中国话生起气来。

这是形容中国留学生的；后边是咏史的句。

(36) 神农的梦呓，只是咂嘴的声音。

(37) 尧舜的时代，修锁的也就不来了。

(38)“钓了鱼么?”文王这样的走近前去。

日本的旧学家染了中国的习气，只把经史子集当作文学。后来改革过来，把小说戏曲都收进去了，但是还有一点偏见，以为其中仍有一种优劣，觉得俳句是高的，而川柳却是低的文学。如执守着向来的雅俗的意见，我们也要觉得川柳的文句太粗俗了，不能算是优美的文学；其实这是错误的，我们诚然不能不承认川柳里面有许多粗鄙的地方，但这决不是他的缺点，他的那种对于一切人事的真率坦荡的态度倒还是他的好处，他的所以胜于法利赛文学的地方。川柳的缺点，我想当在他的过于理智，他的教训或骂倒。其次，而又更是重大的，是他的反动思想。乔治谟耳（George Moore）曾说民众思想都是反动的，川柳是日本一种民众④化的诗，所以其思想也就偏于保守；在民间自然发生的诗谣尚且不免如此，在诗人手中自然更甚，因为他们因了教育的影响，思想更是统一了。明治维新以后的川柳，虽然很是发达，却充满了儒教的专制思想，对于新的事物常加无理的反对，而且又中了军国主义的毒，有人把精忠报国的话混到诗里边去，不能不说是一个大谬误。说点粗鄙的话还于诗无碍，说些正大光明的国家主义，或者纲常名教的话，却全然的不是诗了。

（一九二三年五月）

【锺校】

①原无“是”字，今增。

②“或”原作“成”。

③“揽”原作“拦”。

④“众”原作“术”。

《忆》的装订

从春台借了《忆》来看的第二天，便跑到青云阁去买了一本来，因为我很喜欢这本小诗集。现在且来谈谈他的装帧，印刷及纸张。

《忆》的内容我姑且不谈。——或者有人要疑心，这是不是对于著者有点不敬，好像客对主人说“这茶热得好”一样。但是我有我的几种理由。第一，我不会批评，不必说早已不挂牌了；第二，我来夸奖平伯，别人总以为是后台喝采，未必信用。如对于平伯个人表示意见，则“我很喜欢”一句话尽够，他就已能了解我了。因此，我还是来谈装订。

这部诗集的第一点特色是，全部的诗都是著者手写的。我到底不是“问星处”，并不真是想讲相法或笔迹判断，但我觉得著者的图像及笔迹都是很能帮助了解或增加兴趣的东西。以我近来的“车旁军”的见解来讲，我还希望能用木刻才好，倘若现在还有人会刻。石印总是有点浮光掠影，墨色也总是浮薄，好像是一个个地摆在纸上，用手去一摸就要掉下来似的。我对于《忆》也不免觉得这里有点美中不足，虽然比铅印自然要有趣得多了。

第二点特色是，里边有丰子恺君的插画十八幅，这种插画在中国也是不常见的。我当初看见平伯所持画稿，觉得很有点竹久梦二的气味，虽然除另碎插绘外我只见过一本《梦二画集·春之卷》。后来见佩弦的文章，大约是丰君漫画集的题词吧，显明地说出梦二的影响。日本的漫画由鸟羽僧正（《今昔物语》著者的儿子）开山，经过锹形蕙斋，耳鸟斋，发达到现在。梦二所作除去了讽刺的意味，保留着飘逸的笔致，又特别加上艳冶的情调，所以自成一路，那种大眼睛软腰支的少女恐怕至今还蛊惑住许多人心。德法的罗忒勒克（Lautrec）与海纳（Heine）自然也有他们的精采，但我总是觉得这些人的挥洒更中我的意。中国有没有这种漫画，我们外行人不能乱说，在我却未曾见到过，因此对于丰君的画不能不感到多大的兴趣了。第三点特色是，用的中国连史纸。中国人现在对于用纸真太不考究了，仿佛觉得只要是纸便都可以印书，无论是还魂纸或是草纸。有光纸都当做宝贝，更不必说是洋连史，这大约已经要算是 Edition de

Luxe（美装本）了。我想凡平常的书用洋纸铅印，也就够了，好一点的至少非用连史纸不可，或日本的半纸，虽然我也特别喜欢那质朴坚韧的杜仲纸。但那钉法我觉得还不如用中国式的线装为佳，因为原来的绢线结我不知怎的觉得有点像女学生的日记本，——自然这只是我一个人的偏见罢了。

总之这诗集的装订都是很好的。小缺点也有，但不关紧要，如全部本文都没有注页数。

（十五年二月十四日，于沟沿之东）

［附记］《忆》，俞平伯著诗集，朴社出版，北京景山书社经售，定价一元。

为“悭比斯”讼冤

《创造周报》二十九号上张非怯君做了一篇《新鲜的呼声》，对于《小说月报》上高滋君的《夏芝的太戈尔观》的译文加以纠正，这是于翻译界前途很有益的事。就这篇文章看来，高君的确错了不少，但张君自己也并不见得都对，其中使我迷惑，忙了半天的是那第九条批评。原本英文云：

> It is our own mood, when it is furthest from A Kempis or John the cross, that cries, “And because I love life, I know I shall love death as well.”①

高君译文云：

> 这就是我们自己的情调，从最古的悭比斯或约翰以来便在叫道：“因为我们爱这个生命，所以我知道我也是爱死的。”

张君加了八行的说明，据他的意思似乎应译作：

> 这是我们的情调，与说“因为我们爱这个生

命，所以我知道我也是爱死”的惺比斯或约翰相去正远。

但是我觉得奇怪，为什么惺比斯会讲这样灵肉一致的话，便起手从事查考。惺比斯的著作，可惜我只有一种 *Imitation of Christ*，但普通征引的大抵是这一册书。我先查 *Everyman's Library* 里的十六世纪旧译本，果然没有；又拿一八八九年 Liddon 编的分行本来查，终于也是没有，——然而因此我的两小时已经费去了。我真觉得奇怪，心想这莫非……于是找出 Tauchnitz edition 的《吉檀迦利》细细检查（老实说，我是不大喜欢太戈尔的，买了他几本纸面的诗文，差不多不曾读过，所以很是生疏，非细细的查不可），翻到第九十五首，*Eureka*！只见第四节下半正是这两句话：

And because I love life, I know I shall love death as well.

我喜欢的跳了起来，正同西滢先生发见了那个瘦子的斯密亚丹的照相的时候一样。

可怜的妥玛师兄哟，你的沉冤总算大白了。倘若不然，人家真相信你说过那样旁门的话，还怕不把你赶下圣安格尼思山么！

我这时忽然联想起英国“市本”（Chapbooks）中的一卷《戈丹的智人》（*Wise Men of Gotham*）的故事来。其中一则说，有戈丹的十个人往河里洗澡，洗后点数却只剩了九人，十个人轮番来点都是一样。大家急得大哭，相信已经淹死了一个同伴了。后来有别村的人走过，才给他们找出那个缺少的——便是那时点数的人。天下真有这样的妙事，大家“像煞有介事”的在那里起劲争辩悭比斯贪比斯，却不知这句话正是太戈尔他老人家自己说的，而且还就在这一本书之内，真是有趣。

张君文中第十节“随着圣倍那特阖了眼睛”与否的问题，我也觉得张君的解说似乎不很对，好在这只在文法和意义上就可以看出来，现在不必多说，因为我的目的只要说明悭比斯不曾说过那句《吉檀迦利》的话就好了。

临了我要说一句废话，张君文中末节六行，说的太是感情的一点了。我并不想窜改一两字拿来回敬中国的批评家，但我希望张君自己要承认甘受“手责”两下，因为“大丈夫一言既出驷马难追”。

（三个十二之日，在北京）

【原注】

①大意云，“因为我爱生，我想我也会爱死”，这是我们自己的情调，正与亚惺比斯或十字架的约翰相去极远。

关于夜神

一　毋庸忏悔

刘丁先生在《酒后》忏悔他对于雪莱的《致夜神歌》之误解，原语如下：

> 一，Star-inwrought 我译作“星星点缀”，以为是形容夜衣的，这是我错了。原文在此两字后有一感叹号，还应归之于夜神，作“镶嵌星星的夜神”解。……

案该诗第二节首两行原文如下：

> Wrap thy form in a mantle grey,
> Star-inwrought!

据我“素人”（Layman）看来，这二行的一字确是形容夜衣的而似乎不应归之于夜神。虽然诗人的感想有时或很奇特，不是我们门外汉所能妄测，不过我总觉得夜神而镶嵌星星似乎太怪，——也太可怕：遍身都嵌满了星星，这岂不成了《西游记》上的蜈蚣精了么？至于这感叹符号乃是属于第一个字 Wrap 的，刘丁先生求之过深，所以反是忏悔错了。吾乡小儿“吟”医生云：

郎中郎中，
手生鸡爪风。

刘丁先生也错刈了自己的手指，把它当作一棵臭草。但是，我不是文坛上的人，我的英文只是为读土木工学的书而学的，实在不“配”来谈英诗人的文章，上面所说不一定是对的，要请各大考据家批评家哂政是幸。

（五月二十四日，吃黄酒五十格兰姆之后）

二　痴人说“夜”

Wrap thy form in a mantle grey,
Star-inwrought!
嗟汝嵌星者！
灰氅裹汝身。——鄙译

请大家先念一遍，这是雪莱作“致夜——歌”的第二节首两句。经天心先生指教，第二行“镶嵌星星”一语系指夜的，这既然用了声调及符号上种种道理证明过，一定不会再错，我如想漂亮地做（有谁不想漂亮点呢)，除了随着刘丁先生一同忏悔之外，实在别无好的办法。我与其为臭草而被刈，自然情愿忏悔。所以我对于刘丁天心两位先生决不愿再有什么抗辩，只是对于别一个人还想说几句话，便是想找到我们的诗人雪莱先生，不敬他一下子。

雪莱先生说夜神的身上是镶嵌星星如蜈蚣精的，——天心先生虽说这只是“致夜”而非夜神，但第一节第二行明明是说 Spirit of Night，第四节又说到诗的儿子“睡眠”，所以她还是夜神，而且是希腊神话的夜神。天心先生以及在下确没有见过夜神究竟是什么模样，但希腊神话里是曾经说过的，她是睡眠与梦等神的母亲，是一个女人，与世间的女人一样。雪莱先生也说她有头发，穿外套，执杖，——不过身上镶嵌星星！夥颐，夥颐！雪莱先生怎么说起笑话来了？希腊神话虽无明文规定夜神不得镶嵌星星，但是她决不会的，因为这不是希腊精神。大家都知道希腊宗教及神话的特色在于能美化鬼神，减去恐怖，据哈利孙女士（Jane Harrison）说，其有恩于欧洲文化者亦正在此。察看这种变迁之迹，实很有益，亦多趣味，如神话中除三五妖物外，悉完全改作人形，均极伟美，且即此少数妖物亦逐渐美化，只须一查 Harpy 与 Gorgon 故事与图画之转变，即可明了。嗟夫，此希腊之所以为大也！雪莱先生为英诗人中最希腊的之一，奈何竟以夜神为蜈蚣精。岂真聪明一世而懵懂一时，抑原始思想之隔世遗传地再现欤？吾侪即退一步说，所指者只是夜而非夜神，可以随便写其一种现象以为形容，如柏拉图情诗中“愿得化身为千眼的天以回看你”，但也要一是必要，二是自然，这才可用。现在说身上镶嵌星星，于本句本节中全无联络关系（只与外套一字可以相关），乃是废话，异于千眼回看她的两眼之成意义，而且千眼当是生理地长成，星星则是人工地嵌镶，如珐琅或螺钿细工然，真真古怪极了；这实在已非《西游记》的蜈蚣精而为非洲嘴上镶鸟喙的土人矣。从这两点讲来，雪莱先生的这两行诗无论在声调上符号上怎样合法，是怎样好的诗句，我终要说它是不通。冒犯现代的文人已经不得了（好在我还不曾有过），何况冒犯古时的诗人，这一定罪是更重的了；不过我还有一个法子可以解救，倘若有我们的诗人的朋友能够替他说明，我知道错误，当即忏悔以谢。

还有一句别的话，雪莱先生的这首诗里，不知怎地颇有奇怪的地方，第二节第四行的“她”到底指的是谁？说是“白昼”呢，第三节里的“白昼”明明是说“他”：诸大家是怎样译的呢？明天须往阅报室去查它一查才好。

还有一句话是对天心先生说的。天心先生说倘若那感叹符号是属于Wrap，则Blind等三字之后应各有一个符号。我看了半天，才看出来Blind这一行是用"半支"，Kiss与Wander这两行都用"逗"，所以感叹符号只有一个在Come这一行之后：似乎这符号是不好用在"逗"或"半支"上的。这一节话恐怕也不很靠得住，可以随时取消，倘若大雅君子认为不对。

妄言多罪。余岂不得已哉？余好辩也。

（十四年六月一日，在北京正红旗区）

［附注］卷首译句如嫌欠古，可改作"寄语嵌星人，玄帔被尔躯"，又如用疏逖体译作"唯尔星填，缁衣是缠"，或用勃豀体作"躯中有明星之镶，体上其玄衣之裹"，均可，末一联似最佳也。

谈《谈谈〈诗经〉》

古往今来，谈《诗经》的最旧的见解大约要算《毛传》，最新的自然是当今的胡适博士了。近来偶见《艺林》第二十期，得读胡先生在武昌大学所讲的《谈谈〈诗经〉》的下半，觉得有些地方太新了，正同太旧了一样的有点不自然，这是很可惜的。我们且来谈它一谈看。

《野有死麇》胡先生说是男子勾引女子的诗，自然是对的，但他以为吉士真是打死了鹿以献女子，却未免可笑。第一章的死麇既系写实，那么第二章也应是写实，为什么“白茅纯束，有女如玉”会连在一起去“描写女子的美”呢？我想这两章的上半只是想像林野，以及鹿与白茅，顺便借了白茅的洁与美说出女子来，这种说法在原始的诗上恐怕是平常的。我们要指实一点，也只能说这是猎人家的女儿，其实已经稍嫌穿凿，似乎不能说真有白茅包裹一只鹿，是男子亲自抗来送给他的情人的。若是送礼，照中国古代以及现代野蛮的风习，也是送给他将来的丈人的。然而这篇诗里“因家庭社会环境不良”而至于使“那个怀春的女子对吉士附耳轻轻细语”，叫他慢慢[①]来嚯，则老头子之不答应已极了然，倘若男子抗了一只鹿来，那只好让她藏在绣房里独自啃了吃。喔，虽说是初民社会，这也未免不大雅观吧？

胡先生说，“《葛覃》诗是描写女工人放假急忙要归的情景”。我猜想这里胡先生是在讲笑话，不然恐怕这与“初民社会”有点不合。这首诗至迟是孔仲尼先生在世时发生的，照年月计算，当在距今二千四百几十年以前，那时恐未必有像南通州土王张四状元这样的实业家，在山东纠集股本设立工厂，制造圆丝夏布。照胡先生用社会学说诗的方法，我们所能想到的只是这样一种情状：妇女都关在家里，于家事之暇，织些布匹，以备自用或是卖钱。她们都是在家里的，所以更无所归。她们是终年劳碌的，所以没有什么放假。胡先生只见汉口有些纱厂的女工的情形，却忘记这是二千年前的诗了。倘若那时也有女工，那么我也可以说太史坐了火车采风，孔子拿着红蓝铅笔删诗了。

《嘒彼小星》一诗，胡先生说“是妓女星夜求欢的描写”，引《老残游记》里山东有窑子送铺盖上店为证。我把《小星》二章读过好几遍，终于觉不出这是送铺盖上店，虽然也不能说这是一定描写什么的。有许多东西为我所不能完全明了的，只好阙疑。我想读诗也不定要篇篇咬实这是讲什么，譬如《古诗十九首》，我们读时何尝穿求，为何对于《诗经》特别不肯放松，这岂不是还中着传统之毒么？胡先生很明白的说，《国风》中多数可以说“是男女爱情中流出来的结晶”，这就很好了，其馀有些诗意不妨由读者自己去领会，只要有一本很精确的《诗经注释》出世，给他们做帮助。“不求甚解”四字，在读文学作品有时倒还很适用的，因为甚解多不免是穿凿呵。

一人的专制与多数的专制等是一专制。守旧的固然是武断，过于求新者也容易流为别的武断。我愿引英国民间故事中“狐先生”（Mr. Fox）榜门的一行文句，以警世人：

要大胆，要大胆，但是不可太大胆！

（“狐先生”见哈忒阑著《英国童话集》第二十五页，引一八二一年 Malone 编《莎士比亚集》卷七中所述当时故事。）

（一九二五年十二月）

【锺校】

①此处原衍“能”字，已删。

关于《希腊人之哀歌》

英国部丘（S. H. Butcher）教授著论文集《希腊天才之诸相》（*Some Aspects of the Greek Genius*）是一部很有意义的书，日本已有译本，可惜在中国还没有人介绍。今天看《小说月报》十八卷四号，见有张水淇先生的一篇《希腊人之哀歌》，不禁很是喜欢，因为这就是书中《希腊人之忧郁》的抄译，虽然没有正式声明。张先生于节译那篇之外，又从同书中的《希腊诗上之浪漫主义的曙光》里采取了三首墓铭，加在末尾，所以不是原文的本相，但意思与文句差不多都是部丘的书上所有的。张先生所根据的似乎又是日本译本，这在保存着日译的误解上可以看出：本来此书译者也是日本知名之士，但疏忽处总是难免。汉译中云：

> 更有少妇从新婚之室至其亡夫之墓，其事之可悲不言可知，咏此事之诗中有云："结婚之床

于当然之机迎接君，坟墓先机而迎接。”

案原书只引此诗一句，不加英译，——Hōrios eikhe se pastas，aōrios heile se tumbos——日译加以解释，与上文所引正同。右诗原文共有六行，直译其大意如下：

新房及时地迎了你来，坟墓不时地带了你去，
你安那斯泰西亚，快活的慈惠神女之花；
为了你，父亲丈夫都洒悲苦的泪，
为了你，或者那渡亡魂的舟子也要流泪：
因为你和丈夫同住不到一整年，
却在十六岁时，噫，坟墓接受了你。

Hōrios一字是从“时”字变出来的，意云及时，反面的Aōrios所以是失时或不辰等意，日译云当然之机云云似乎不得要领。唯“亡夫之墓”则系汉译之误，英日文均只云从新婚之室至坟墓，我们看原诗第三行，也可以知道她的丈夫并未先死也。

又汉译有云：

有夫妻二人距一时间而死，其合葬之墓成为新婚之室，其墓碑上有云：“二人恰如同栖，埋于一石之下，有幸福的分[①]居一墓如分居一室。”

案日译末行为“幸福地共居一墓正如共居一室”。但考察诗意似当如下：

二人恰如同栖，埋于一碑之下，

严饰公共的坟墓有如公共的新房。

“幸福地”一语似乎是多出来的。但这种改变，恐怕是译述者的通癖，不能斤斤较量，就是部丘教授自己也是有的。如*Dakrukheōn genomēn*一诗，英译云：

我哭着降生，我哭够了而死，

我于一生中寻得许多的眼泪。

汉译根据日译则又略变为：

我泣而生，我尽力的泣而死，

我于生涯中寻得许多泪。

其实直译起来意思大略如下：

我哭着降生，我哭过了而就死，

我于许多眼泪中寻得了我的一生。

意义的些须的差异本来没有多大关系，现在不过顺便说及，以见翻译之难罢了。

（十六年八月十日）

【锺校】

①“分”字疑误，下同。

象牙与羊脚骨

英国麦开耳教授著《希腊诗讲义》(J. W. Mackail: *Lectures on Greek Poetry*)里有一篇讲谛阿克列多思与其牧歌，说起诗人用字之妙，他能把平凡粗俗了无美感的字拿来，一经运用，便成绝妙的词句。牧歌第十《农夫》中叙一农夫唱歌，列述女之美丽，有一句云，"Podes astragaloi teu"，麦开耳说：

> 在这几个字里充满着一种不可言说的朦胧之美。安特路阑君译这牧歌时感到这个美，——他怎会不感到呢？但他没有法子，只能用宫廷小说体把它述出来，曰"你的脚是像象牙雕成的"。有像象牙雕成的脚的人，身穿柔软的衣服，住在王宫里；在希腊原文里并没有象牙雕的这些字样。……他是说，"你的脚是羊脚骨"，谛阿克列多思便把这句俗话照原样拿过来，使它变成灵活，使它变成诗。他在这一句里不但明显地表现

出一幅图画，两只细而黄的脚，跟着脚钏的丁当声跳上跳下的，上边的身体摇晃着，曼声吟唱着，而且还能表出一种内的美感，一种小说的或者几乎幻术的趣味。

这牧歌第十我也曾译过，登在《陀螺》里边。我知道这 Astragalos 是羊脚骨，知道古代妇女子常用这种脚骨像吾乡小儿“称子”似的抛掷着玩耍，也在希腊古画上见过这个游戏的图，可是没有法子可译：从汉文上看来，羊脚骨没有一点诗与美，普通的联想只是细，此外什么都不能表出，所以不好直译；我想改译作骰子，可是这“花骨头”的联想也不能恰好，结果还是学了安特路阑，勉强凑了一句“你的脚是象牙”。原文下一句曰“Haphona de trukhnos”，译作“你的声音是阿芙蓉”，总算可以对付了：Trukhnos 就是现今医药上的 Strychnine 一字的祖先，是一种有麻醉性的毒草，这里用以形容歌声之令人迷惘坐忘，汉文如用番木鳖或莨菪来译最为适合，但是这只有毒草的联想，意味便截然不同，幸而有鸦片在，还可以移用一下子。然而在那羊脚骨上却终于完全失败了。

麦开耳教授批评安特路阑，说得很有道理的，但他自己也弄了一个小小的错误。牧歌第十中唱情歌的那个农夫，麦开耳说是拔多思（Battos），其实这是别一牧歌里的牧人，我们的患相思的割稻的人乃是蒲凯阿思（Boukios），与那个看羊的毫无关涉也。

（十六年八月十七日）

读《性的崇拜》

性的崇拜之研究给我们的好处平常有两种。其一是说明宗教的起源，生物最大的问题是自己以及种族之保存，这种本能在原始时代便猛烈地表现在宗教上，而以性之具体或抽象的崇拜为中心，逐渐变化而成为各时代的宗教。普通讲性的崇拜的书大抵都注重这一点，但他有更重大的第二种好处，这便是间接地使我们知道在一切文化上性的意义是如何重要。性的迷信造成那种庄严的崇拜，也就是这性的迷信造成现在还存留着的凶狠的礼教，把女子看作天使或是恶魔都是一种感情的作用，我们只要了解性的崇拜的意思，自可举一反三，明了礼法之萨满教的本义了。我们宗教学的门外汉对于性的崇拜之研究觉得有趣味，有实益，可以介绍的理由，差不多就在这一点上。

张东民先生的《性的崇拜》读过一遍，觉得颇有意思。我尝想这种著作最好是译述，即如我从前看过的芝加哥医学书局出版诃华德所著的一本，虽然是三十年前的旧作，倒很是简要可读。张先生的书中第三四五这三章声明是取材于瓦尔的著作，材料颇富，但是首尾两篇里的议论有些还可斟酌，未免是美中不足。如第五页上说：“所以古人有言道：‘人之初，性本善。’这明明是说人在原初的时代，对于性之种种，本皆以为善良的。”著者虽在下文力说性质性情都脱不了性的现象之关系，以为这性字就是性交之性，其实这很明了地是不对的：我们姑且不论两性字样是从日本来的新名词，严幾道的《英文汉诂》上还称曰男体女体，即使是宋代已有这用法，我们也决不能相信那《三字经》的著者会有卢梭似的思想。这样的解释法，正如梁任公改点《论语》，把那两句非民治思想的话点为“民可，使由之；不可，使知之”，未始不很新颖，但去事实却仍是很远的了。又第六十四页上有这一节话：

> 唯自然之律，古今一样，他们既滥用了性交的行为，自该受相当的惩罚，于是疾病流行了，罪恶产生了。为防弊杜乱起见，一辈强有力者便宣布了种种禁令：“不许奸淫”，“不许偷盗”，不许这样，不许那样，……而从这些消极的禁令式的规条中，伦理和道德等制度便渐渐演成了。

关于这种制度的演成，我因为不很知道不能批评，但两性关系上的有些限制我却相信未必是这样演成的，这与其说因了“滥用”性的崇拜而发生，还不如说是根据性的崇拜之道理而造成的较为适合。我们对于性的崇拜常有一种误解，以为这崇拜与后代的宗教礼拜相差不远，其实很不一样。弗洛伊德在《图腾与太步》（勉强意译为族徽与禁制）中说及太步的意义，谓现代文明国人已没有这个观念，只有罗马的 Sacer 与希腊的 Hagios 二字略可比拟，这都训作神圣，但在原始时代这又兼有不净义，二者混在一处不可分开，大约与现代“危险”的观念有点相像，北京电杆上曾有一种揭示，文曰：“摸一下可就死了！”这稍有点儿太步的意味？性的崇拜也就这么一件东西。因为它是如此神异的，所以有不可思议的功用与影响，“马蹄铁”可以辟邪，行经的妇人也就会使酒变酸；夫妇宿田间能使五谷繁茂，男女野合也就要使年成歉收：这道理原是一贯的，虽然结果好坏不同。我说“不许奸淫”不是禁止滥用性的崇拜，乃是适用性的崇拜之原理而制定的，即是为此。我们希望于性的崇拜之研究以外，还有讲性道德与婚姻制度的变迁的历史等书出来，但我也希望这是以译述为宜。又德人 H. Fehlinger 的小册《原始民族的性生活》等亦甚有益，很有可以使我们的道学家反省的地方。

（一九二七年八月）

摆伦句

丹麦言语学教授尼洛普博士（Dr. C. Nyrop）在所著《接吻与其历史》第二章中说：

这是多么近于人情，摆伦如是愿望说：
我愿女人只有一张朱唇，
可以同时亲遍了她们。
That womankind had but one rosy mouth,
To kiss them all at once from north to south.

但是我实在不很喜欢摆伦的这两行诗，也不喜欢这一句话。诗我是不懂，但“自北至南”这种趁韵我觉得没有趣味；他的意思呢，不但是太贪，也有点儿无聊，——这差不多是“登徒子”的态度。据说在文艺复兴时代欧洲有这样一种习惯，凡绅士与贵妇人相见，无论识与不识均接吻为礼。但有些人很不以为然，法国蒙丹纳（Montaigne）说得最妙：

这是一件很可非难的习俗，贵妇人当以唇吻

敬客，只要他有一对长班跟在后头，不管他怎样讨厌；就是在我们男子也并不上算，因为须得亲上五十个丑的才能亲到三个美丽的女子。

可惜我们的诗人没有知道。倘若因此种风俗引申，同性也当行“友情的接吻”，如罗马王朝所行，那就更要不得了。罗马诗人 Martialis（40—104）曾说：

外出十五年后，回到罗马来，它给我这许多接吻，比勒思比亚（Lesbia）给加都路思（Catullus）的还要多。各个邻人，各个毛脸的农夫，都来亲你一个气味不佳的嘴。织布匠来逼你，还有洗染店和刚才亲过牛皮的皮匠；胡子，独眼的绅士；烂眼边的，和有稀臭的嘴的朋友。这真不值得回来。

他做的小诗里有好些都是说这件事的，现在抄译一章于下：

我的颊上贴上一张膏药，
两唇涂药虽然没有冻裂，
菲拉尼思，你知道为什么？
这就为的是省得亲你的嘴。

［附记］这一篇是看了《接吻与其历史》而作，所引诗文也都出在那本书里。

（一九二七年八月二十日雨夜）

《旧约》与恋爱诗

《旧约》是犹太教与基督教的经典，但一面也是古代希伯来的国民文学，正同中国的五经一样。《诗经》中间有许多情诗，小学生在书房里高声背诵；《旧约》的《雅歌》更是热烈奔放，神甫们也说是表神之爱的。但这是旧事重提，欧洲现今的情形便已不然了：美国神学博士谟尔（G. F. Moore）在所著《旧约的文学》第二十四章内说：

> 这书（指《雅歌》）中反复申说的一个题旨，是男女间的热烈的官能的恋爱。……在一世纪时，这书虽然题着所罗门的名字，在严正的宗派看来不是圣经；后来等到他们发见——或者不如说加上——了一个譬喻的意义，说他是借了夫妇的爱情在那里咏叹神与以色列的关系，这才将他收到经文里去。

这几句话说的很是明了，可见《雅歌》的价值全是文学上的，因为他本是恋爱歌集；那些宗教的解释，都是后人附加上去的了。

但我看见《新佛教》的“基督教批评号”里，有一篇短评，名《基督教与妇人》，却说“《雅歌》一章虽寄意不在妇人，然而他把妇人的人格实在看得太轻漂了”。又引了第八章第六节作证据，说“是极不好的状妇人之词”。其实这节只是形容爱与妒的猛烈；我们不承认男女关系是不洁的事，所以也不承认爱与妒为不好。

爱情如死之坚强，嫉恨如阴间之残忍。

这真是极好的句，是真挚的男女关系的极致，并没有什么不好的地方。若说男女的不平等，那在古代是无怪的，在东方为尤甚；即如印度的撒提也是一例，但他们基督教徒也未必能引了这个例，便将佛教骂倒，毁损他的价值①。

中国从前有一个“韩文公”，他不看佛教的书，却做了什么《原道》，攻击佛教，留下很大的笑话。我们所以应该注意，不要做新韩文公才好。

（一九二一年一月）

【锺校】

①“值”原作“价”。

个性的文学

假的，模仿的，不自然的著作，无论他是旧是新，都是一样的无价值；这便因为他没有真实的个性。

印度那图夫人（Sarojini Naidu）的诗集《时鸟》（*Bird of Time*，1915）上，有一篇英国戈斯（Edmund Gosse）的序文。他说，那图夫人留学英国的时候，曾拿一卷诗稿给他看。诗也还好，只是其中夜莺呵，蔷薇呵，多是一派英国诗歌里的习见语，所以他老实地告诉她，叫她先将这诗稿放到废纸篓里，再开手去做真的她自己的诗。其结果便是《黄金的门》（*The Golden Threshold*）以下几部有名的诗集。这一节话，我觉得很有意味。戈斯并不是说印度人不应该做英国式的诗，不过因为这些思想及句调实在是已经习见，不必再劳她来复述一遍；她要做诗，应该去做自己的诗才是。但她是印度人，所以她的生命所寄的诗里自然有一种印度的情调，为非印度人所不能感到，然而又是大家所能理解者：这正是她的诗歌的真价值之所在，因为就是她的个性之所在。正确的说来，她的个性，不但当然与非印度人不同，便是与他印度人也当然不同，倘若她的诗模仿泰戈尔（R. Tagore）也讲什么“生之实现”，那又是假的，没有价值了。或者她的确是做自己的诗，但所含的倘是崇拜撒提（Suttee）一类的人情以外的思想，在印度的“国粹派”——大约也是主张国虽亡而“经”不可不读的一流人——看来或者很有价值，不过为世界的“人”们所不能理解，也就不能承认他为人的文学了。

因此我们可以得到结论：(1) 创作不宜完全没煞自己去模仿别人，(2) 个性的表现是自然的，(3) 个性是个人唯一的所有，而又与人类有根本上的共通点，(4) 个性就是在可以保存范围内的国粹，有个性的新文学便是这国民所有的真的国粹的文学。

（一九二一年一月）

安得森的《十之九》

凡外国文人，著作被翻译到中国的，多是不幸。其中第一不幸的要算丹麦诗人“英国安得森”。

中国用单音整个的字，翻译原极为难：即使十分仔细，也止能保存原意，不能传本来的调子。又遇见翻译名家用古文一挥，那更要不得了。他们的弊病，就止在“有自己无别人”，抱定老本领旧思想，丝毫不肯融通：所以把外国异教的著作，都变作班马文章，孔孟道德。这种优待，就是哈葛得诸公也当不住，到了安得森更是绝对的不幸。为什么呢？因为他独一无二的特色，就止在小儿一样的文章，同野蛮一般的思想上。

日前在书铺里看见一本小说，名叫《十之九》，觉得名称很别致，买来一看，却是一卷童话，后面写道“著作者英国安得森”，内分《火绒箧》《飞箱》《大小克劳思》《翰思之良伴》《国王之新服》《牧童》

六篇。我自认是中国的安党，见了大为高兴；但略一检查，却全是用古文来讲大道理，于是不禁代为著作者叫屈，又断定他是世界文人中最不幸——在中国——的一个人。

我们初读外国文时，大抵先遇见格林（Grimm）兄弟同安得森（Hans Christian Andersen）的童话。当时觉得这幼稚荒唐的故事没甚趣味；不过因为怕自己见识不够，不敢菲薄，却究竟不晓得他好处在哪里。后来涉猎民俗学（Folklore）一类的书，才知道格林童话集的价值：他们兄弟是学者，采录民间传说，毫无增减，可以供学术上的研究。至于安得森的价值，到见了诺威波耶生（Boyesen）丹麦勃阑特思（Brandes）英国戈斯（Gosse）诸家评传，方才明白：他是个诗人，又是个老孩子（即 Henry James 所说 Perpetual boy），所以他能用诗人的观察，小儿的言语，写出原人——文明国的小儿，便是系统发生上的小野蛮——的思想。格林兄弟的长处在于"述"；安得森的长处，就全在于"作"。

原来童话（Märchen）纯是原始社会的产物。宗教的神话，变为历史的世说，又转为艺术的童话，这是传说变迁的大略。所以要是"作"真的童话，须得原始社会的人民才能胜任。但这原始云云，并不限定时代，单是论知识程度，拜物思想的乡人和小儿，也就具这样资格。原人或乡人的著作，经学者编集，便是格林兄弟等的书；小儿自作的童话，却从来不曾有过。倘要说有，那便是安得森一人作的一百五十五篇Historier了。他活了七十岁，仍是一个小孩子；他因此生了几多误解，却也成全了他，成就一个古今无双的童话作家。除中国以外，他的著作价值，几乎没有一国不是已经明白承认。

上面说安得森童话的特色：一是言语，二是思想。——他自己说："我著这书，就照着对小儿说话一样写下来。"勃阑特思著《丹麦诗人论》中，说他的书出版之初，世人多反对他，说没有这样著书的。"人的确不是这样著书，却的确是这样说话的。"这用"说话一样的"言语著书，就是他第一特色。勃阑特思最佩服他《邻家》一篇的起头：

> 人家必定想，鸭池里面有重要事件起来了；但其实没有事。所有静睡在水上的，或将头放在水中倒立着——他们能够这样立——的鸭，忽然都游上岸去了。你能看见湿泥上的许多脚印。他们的叫声，远远近近的都响遍了。刚才清澈光明同镜一般的水，现在已全然扰乱了。……

又如《一荚五颗豆》的起头说：

五颗豆在一个荚里：他们是绿的，荚也是绿的，所以他们以为世间一切都是绿的：这也正是如此。荚长起来，豆也长起来，他们随时自己安排，一排的坐着。……

又如《火绒箱》也是勃阑特思所佩服的：

一个兵沿着大路走来——一，二！一，二！他背上有个背包，腰边有把腰刀；他从前出征，现在要回家去了。他在路上遇见一个老巫：她狠是丑恶，她的下唇一直挂到胸前。她说："兵阿，晚上好！你有真好刀，真大背包！你真是个好兵！你现在可来拿钱，随你要多少。"

再看《十之九》中，这一节的译文：

一退伍之兵。在大道上经过。步法整齐。背负行李。腰挂短刀。战事已息。资遣归家。于道侧邂逅一老巫。面目可怖。未易形容。下唇既厚且长。直拖至颏下。见兵至。乃谀之曰。汝真英武。汝之刀何其利。汝之行李何其重。吾授汝一诀。可以立地化为富豪。取携甚便。……

误译与否，是别一问题，姑且不论；但勃阑特思所最佩服，最合儿童心理的"一二一二"，却不见了。把小儿的言语，变了八[①]大家的古文，安得森的特色，就"不幸"因此完全抹杀。

安得森童话第二特色，就是野蛮的思想；——原人和小儿，本是一般见识，——戈斯论他著作，有一节说得极好：

安得森特殊的想像，使他格外和儿童心思相亲近。小儿像个野蛮，于一切不调和的思想分子，毫不介意，容易承受下去。安得森的技术，大半就在这一事：他能狠巧妙的，把几种毫不相干的思想，联结在一起。例如他把基督教的印象，与原始宗教的迷信相溷和，这技艺可称无二。……

还有一件相像的道德上的不调和，倘若我们执定成见，觉得极不容易解说。《火绒箱》中的兵，割了老妇的头，偷了他的宝物，忘恩负义极了，却毫无惩罚；他的好运，结局还从他的罪里出来。《飞箱》中商人的儿子，对于土耳其公主的行为，也不正当；但安得森不以为意。克劳思对于大克劳思的行为，也不能说是合于现今的道德标准。但这都是儿童本能的特色；儿童看人生像是影戏：忘恩负义，虏掠杀人，单是并非实质的人形，当着火光跳舞时映出来的有趣的影。安得森于此等处，不是装腔作势的讲道理，又敢亲自反抗教室里的修身格言，就是他的魔力的所在。他的野蛮思想，使他和育儿室里的天真漫烂的小野蛮相亲近。

这末一句话，真可谓“一语破的”，不必多加说明了。《火绒箱》中叙兵杀老巫，止有两句：

于是他割去她的头。她在那里躺着！

写一件杀人的事，如此直捷爽快，又残酷，又天真漫烂，真可称无二的技术。《十之九》中译云：

忍哉此兵。举刀一挥。老巫之头已落。

其实小儿看此“影戏”中的杀人，未必见得忍；所以安得森也不说忍哉。此外译者依据了“教室里的修身格言”，删改原作之处颇多，真是不胜枚举；《小克劳思与大克劳思》一篇里，尤为厉害。例如硬教农妇和助祭做了姊弟，不使大克劳思杀他的祖母去卖钱；不把看牛的老人放在袋里，沉到水里上天去，都不知是谁的主意；至于小克劳思骗来的牛，乃是“西牛贺洲之牛”！《翰思之良伴》（本名《旅行同伴》）中，山灵（Trold）对公主说：“汝即以汝之弓鞵为念！”这岂不是拿著作者任意开玩笑么？《牧童》中镀边的铃所唱德文小曲：

Ach, du lieber Augustin

Alles isf weg, weg.

（唉，你可爱的奥古斯丁

一切都失掉，失掉，失掉了。）

也不见了。安得森的一切特色，“不幸”也都失掉。

安得森声名，已遍满文明各国，单在中国不能得到正确理解，本也不关重要。但他是个老孩子，他不能十分知道轻重：所以有个小儿在路上叫他一声大安得森，他便非常欢喜，同得了一座“北极星勋章”一样；没价值的小报上说他一句笑话，——关于他的相貌！——他看了就几乎要哭。如今被中国把他的杰作译成一种没意思的巴德文丛著，岂不也要伤心么？我也代他不舒服，就写这几行，不能算是新著批评，不过为这丹麦诗人说几句公话罢了。

［附记］安得森（即安徒生）生于一八零五年，一八七五年卒。著有小说数种，《即兴诗人》（*Improvrsitoren*）最有名；但童话要算是他独擅的著作。《无画的画帖》（*Billedbog uden Billeder*）记“月”自述所见，凡三十三夜，也是童话的一种，又特别美妙。他的童话全集译本，据我所晓得的，有英国 Graigie 本，最为确实可靠。

（一九一八年六月）

【锺校】

①原无“八”字，今增。

《爱的成年》

近来读英国凯本德（Edward Carpenter）著的《爱的成年》（*Love's Coming of Age*），关于两性问题，得了许多好教训，好指导。女子解放问题，久经世界识者讨论，认为必要；实行这事，必须以女子经济独立为基础，也是一定的道理。但有一件根本上的难题，能妨害女子经济的独立，把这问题完全推翻：那就是生产。瑞典斯忒林特堡（Strindberg）著《结婚》中有“改革”及“自然的障碍”诸篇，即说此事；但他是厌恶女性的人，不免怀有恶意，笑“改革”之终于失败。凯本德却别有“改革”的方法，第四章论女子的自由，有两句说得最好：

> 我们不可忘记：如无社会上的大改革，女子的解放，也不能完成。如不把我们商贩制度——将人类的力作，人类的爱情，去交易卖买的制度，——完全去掉，别定出一种新理想新习俗

时，女子不能得到真的自由。（五十四页）

他又加上一段小注，意思更为明了：

女子的自由，到底须以社会的共产制度为基础；只有那种制度，能在女子为母的时候供给养活她，免得去倚靠男子专制的意思过活。现在女子力求经济独立，原是好景象，也是现时必要的事；可是单靠这一件，解决不了那个问题，因为在为母的时候，最需帮助；女子在那时，却正不能自己去做活赚钱。（同上）

英国蔼理斯（Havelock Ellis）著《性的进化》（*Evolution in Sex*），关于这事也有一节说：

民种的生殖，是社会的职务(a social function)。所以我们断定说：女子生产，因为尽她社会的职务，不能自己养活，社会应该供养她。女子为社会生一新分子，于将来全群利害，极有关系，全群的人对于她，自应起一种最深的注意；古时孕妇有特权，可以随意进园圃去摘食蔬果，这是一种极健全美丽的本能的表现。（十五页）

以上所说的话，都十分切要，女子问题的根本解决，就在这中间；此外方法，如画师的“改革”，不能彻底，遇着“自然的障碍”，终要失败。——但在中国，连画师夫妇那样见识的人，怕还不多。

《爱的成年》第一章论性欲，极多精义。他先肯定人生，承认人类的身体和一切本能欲求，无一不美善洁净；他所最恨的，便是那“卖买人类一切物事的商贩主义，与隐藏遮盖的宗教的伪善”（十九页）。他说明：“对于人身那种不洁的思想，如不去掉，难望世间有自由优美的公共生活。”（同上）从前的人，也曾经说过相似的话，斯柏勤女士（Spurgeon）著《英文学上的玄秘主义》中论勃来克（William Blake）的一节里说：

> 人的欲求，如方向正时，以满足为佳。勃来克诗云：“红的肢体，火焰般的头发上，禁戒（Abstinence）播满了沙；但满足的欲求，种起生命与美的果实。”（案此系格言诗第十，原题《柔雪》的第二章。）世上唯有极端纯洁，或是极端放纵的心，才能宣布出这样危险的宗旨来。在勃来克的教义上，正如斯温朋（Swinburne）所说：“世间唯一不洁的物，便只是那相信不洁的念。”
>
> （百七三页）

蔼理斯又著有《新精神》（*The New Spirit*）一书，其中评论美国诗人惠德曼（Walter Whitman），称述他对于肉体及爱的意见，随后说：

宗教政治上，我们经过了大争斗，才算得到了无价的自由与诚实。但在性的地界内，正同我们道德的和社会的生活上一样，还不能得这幸福；现在还有那种野蛮的传说，经中世教会竭力宣传，流传在世间：把女子当作性的象征，说物事经他接触，就要污秽，布列纽思（Plinius）说，“世上无物比月经更丑”，到现在这句话还有势力。为什么不放科学的光到这地方，使我们也得自由与信实呢？因我们对于这一部分的意见如此，就使我们对于人生全体的态度上，也很发生影响。（百二六至七页）

勃来克承认“力（Energy）是唯一的生命，从肉体出；理（Reason）便是力的外界。力是永久的悦乐”。惠德曼能“把下腹部与头部胸部同一看待”。凯本德的意见，就同他们相似，却更说得明白，又注重实际的一面。他的希望，是在将来社会上，成立一种新理想新生活，能够以自由与诚实为本，改良两性的关系。第八章论自由社会，就是议论这件事。

《爱的成年》系一八九六年出版，在本国销行甚广。别国也多已译出。

（一九一八年十月）

一部英国文选

《鉴赏周刊》第四期上刘真如君有一篇文章，介绍“勃洛克的《英国文学初步》”，这是应该感谢的，于中国学子很有裨益。唯刘君劝告大家“和 Palgrave 的 *Golden Treasury* 并读”，我觉得这部名诗选固然大有诵读之价值，但和《文学初步》并读还有一本更适宜的书，现在想介绍他一下：这便是华伦女士（Kate M. Warren）所编的《英文学宝库》（*A Treasury of English Literature*）。

华伦女士是伦顿大学的一个英文教师，精通古英文，勃路克在《古代英文学史序》上曾谢她为译《玛尔顿之战》（*Battle of Maldon*）这篇古诗，并编参考书目及检目。她的这部《英文学宝库》即专为《文学初步》而编的，虽然也可以分用，当作普通的文选去读。据勃路克在序论中说，有许多人希望他编这样的一部文选，与《文学初步》互相发明，但他没有工夫来做这个繁重的工作，后来由华伦女士代编，经了五年的编订试验，遂于一九〇六年出版，其中共分六编，次年又为便利学生起见，分出六册，每册价一先令。我在一九〇八年所买，就是这种版本，因为一卷本定价七先令半，这种可以分买，我便逐渐把他购来。这部书选择固佳，多收古代诗文尤为可贵，这些原本都很难得或是高价，学生不易买到，——尤其是在中国的学生，现在可以略窥一斑，实在非常便利。其第一二编专收古代及中古文学，第三编为伊里查白时代，第四编为培根至弥尔顿，第五编为德来登及颇普的古典时代，第六编为近代，唯至朋斯而止，好在十九世纪的文选佳本并不缺乏，所以她就不再编下去了。平常谈英文学的人大抵至早从绰塞（Chaucer）起首，其实现代英文虽从他发生，英文学却是继续的有千二百年的历史，前六百年的文学与后六百年的[①]可以说是同样的重要，而且因为稀见的缘故在我看来似乎更有趣味。因了勃路克的《古代英文学史》，引起我对于《贝奥武尔夫》（Beowulf 意云蜂狼，即熊，为史诗中主人公名）的兴味，好奇的去找哈利孙校订的原本。我还不能忘记七世纪的一篇收蜜蜂的咒语，其文曰（见《宝库》第一编第五页）：

取泥土，用你右手撒在你的右脚下，说道：
“我从脚下拿来，我找到他了。
喳，土克一切物，
克恶意，克怨恨，
克人们的长舌。”
用土撒蜜蜂，在他们群飞的时候，又说道：
“坐下，王女，落在地上！
勿再乱飞往树林中！
你当记得我的好意，
如人们之记得食物与家。”

这样符咒或者不是什么好文学也未可知，但是我很喜欢，所以把他抄在这里。

勃路克（Stopfold A. Brooke）原是爱尔兰人，生于一八三二年，所著文学评论几种都有名。《英国文学初步》系一八七六年由伦顿麦美伦公司出版，距今已五十年，但仍是一种文学史要的佳本。华伦女士在序上这样称赞他说：“二十多年以前安诺德为此特作一篇评论（见一八七九年出版《杂论集》），但即使没有这个荣誉，他也能成名，因为他能特别地混和有用与美这两种特质。”此外所著古代英文学史两种，近代英诗人评论三四种，皆是权威的论著，唯刘君所举《十八世纪英国文学》我未曾见过。

（一九二五年七月）

【锺校】

①“的”原作“前”。

《巡礼行记》

得到东洋文库影印的《入唐求法巡礼行记》一部，共四卷，系日本僧圆仁撰，用汉文记唐开成会昌间（838—847）在中国时事。圆仁上人（794—864）为传教大师弟子，入唐求法，经历现今之苏皖直鲁豫秦晋七省，归国后专力于宣教行化，确立天台宗派，殁后赐谥慈觉大师。《巡礼行记》历记十年内所见闻阅历之事，其价值可与玄奘法师之印度纪行相埒，读之不特可知当时社会情形，颇有趣味，亦多可以补史乘之缺，如会昌灭法事在正史上所记均简略，今据此记可稍知其详。本书有活字本，在《佛教全书》等丛刻中，唯系大部，殊不易得，此本系据古写本影印，卷末署云："正应四年（1291，元至元二十八年①）十月二十六日，于长乐寺坊拭老眼书写毕。……法印大和尚位遍照金刚兼胤（七十二）记之。"字体古朴，有唐人写经意，颇可喜，唯系老年之笔，故有时笔画模胡，不易判读。今择取数节转录于后，有显系脱误处已为改正，馀悉仍其旧。

（一）韦[②]宗卿

太子詹事韦宗卿撰《涅槃经注疏》二十卷进，今上览已，焚烧经疏，敕中书门下令就宅追索草本烧焚。其敕文如左：

敕银青光禄大夫守太子詹事上柱国华[③]阴县开国男食邑三百户韦宗卿，忝列崇班，合遵儒业，溺于邪说，是扇妖风，既开眩惑之端，全戾[④]典坟之旨，簪缨之内，颓靡何深；况非圣之言，尚宜禁斥，外方之教，安可流传：虽欲包容，恐伤风俗，宜从左官，犹谓宽恩，可任成都府尹，驰驿发遣。

太子詹事宗卿进佛教《涅槃经》中撰成《三德》廿卷，奉敕：

《大圆伊字镜略》二十卷，具已详览。佛本西戎之人，教张不生之说，孔乃中土之圣，经闻利益之言，而韦宗卿素侪士林，衣冠望族，不能敷扬孔墨，翻乃溺信浮屠，妄撰胡书，辄有轻进，况中国黎庶久染此风，诚宜共遏迷聋，使其反朴，而乃集妖妄，转惑愚人，位列朝行，岂宜自愧？其所进经，内中已焚烧讫，其草本委中书门下追索焚烧，不得传之于外。会昌三年（843）六月十三日下。

（《巡礼行记》卷三[⑤]）

（二）赵归真

道士赵归真等奏云，佛生西戎，教说不生，夫不生者只是死也，化人令归涅槃，涅槃者死也；盛[⑥]谈无常苦空，殊是妖怪，未涉无为长生之理。太上老君闻生中国，宗[⑦]乎太罗之天，逍遥无为，自然为化，飞练仙丹，服乃长生，广列神府，利益无疆。请于内禁筑起仙台，练身登霞，逍遥九天，庶[⑧]福圣寿，永保长生之乐，云云。皇帝宣依，敕令两军于内里筑仙台，高百五十尺，十月起首（案此是会昌四年），每日使左右神策军健三千人般土筑造。皇帝意切，欲得早成，每日有敕催筑。两军都虞候把棒检校。皇帝因行见问，内长官曰："把棒者何人？"长官奏曰："护军都虞候勾当筑台。"皇帝宣曰："不要你把棒勾当，须自担土！"便交般土[⑨]。后时又驾筑台所，皇帝自索弓，无故射杀虞候一人。无道之极也。

（同上）

（三）乞粮食

从登州文登县至此青州，三四年来，蝗虫灾起，吃却五谷，官私饥穷，登州界专吃橡子为饭，客僧等经此险处，粮食难得，粟米一斗八十文，粳米一斗一百文，无粮可吃，便修状进节度制使张员外乞粮食。

日本国求法僧圆仁　　请施斋粮

右圆仁等，远辞本国，访寻尺教，为请公验，未有东西，到处为家，饥情难忍，缘言音别，不能专乞，伏望仁恩，舍香积之馀供，赐异蕃之贫僧，先[10]赐一中，今更恼乱，伏深[11]悚愧。谨遣弟子惟正状，谨疏。

开成五年（840）三月二十五日日本国求法僧圆仁状上

员外阁下，谨宣。

员外施给粳米三斗，面三斗，粟米三斗，便修状谢。

日本国求法僧圆仁谨谢

员外仁造给米面，不胜感戴，难以销谢，下情无任感愧之诚，谨奉状陈谢，不宣，谨状。

开成五年三月二十五日日本国求法僧圆仁状上

员外阁下，谨宣。

（同卷二）

（四）吃人

打潞府兵入他界不得，但在界首，频有敕催，怪无消息，征兵多时，都不闻征罚者何？彼兵众惊惧，捉界首牧牛儿耕田夫等送入京，妄称捉叛人来，敕赐对刀于街衢而斩三段，两军兵马围着杀之。如此送来相续不绝，兵马寻常，街里被斩尸骸满路，血流湿土为泥，看人满于道路，天子时时看来，旗枪交横辽乱。见说被送来者，不是唐叛人，但是界首牧牛耕种百姓，枉被捉来，国家兵马元来不入他界，恐王怪无事，妄捉无罪人送入京也。两军健儿每斩人了，割其眼肉吃，诸坊人皆云，今年长安人吃人。（同卷三⑫，案此系会昌四年事。）

（一九二七年四月抄）

【鄢校】

①“元至元二十八年”原作“元至正二十九年”。

②“韦”原作“寿”，下同。据花山文艺出版社1992年版《入唐求法巡礼行记校注》改，下同。

③“华”原作“范”。

④“戾”原作“废”。

⑤“三”原作“四”。

⑥“盛”原作“感”。

⑦“宗”原作“家”。

⑧“庶”原作“鹿”。

⑨“交般土”原作“□船去”。

⑩“先”原作“生”。

⑪“深”原作“涂”。

⑫“三”原作“四”。

吕坤的《演小儿语》

中国向来缺少为儿童的文学。就是有了一点编纂的著述，也以教训为主，很少艺术的价值。吕新吾的这一卷《演小儿语》，虽然标语也在“蒙以养正”，但是知道利用儿童的歌词，能够趣味与教训并重，确是不可多得的，而且于现在的歌谣研究也不无用处，所以特地把他介绍一下。

原书一册，总称《小儿语》，内计吕得胜（近溪渔隐）的《小儿语》一卷，《女小儿语》一卷，吕坤（抱独居士）的《续小儿语》三卷，《演小儿语》一卷。前面的五卷书，都是自作的格言，仿佛《三字经》的一部分，也有以谚语为本而改作的，虽然足为国语的资料，于我们却没有什么用处。末一卷性质有点不同，据小引里说，系采取直隶河南山西陕西的童谣加以修改，为训蒙之用者。在我们看来，把好好的歌谣改成箴言，觉得很是可惜，但是怪不得三百年以前的古人，而且亏得这本小书，使我们能够知道在明朝有怎样的儿歌，可以去留心搜集类似的例，我们实在还应感谢的。

书的前面有嘉靖戊午（1558）吕得胜的序，末有万历癸巳（1593）吕坤的书后，说明他们对于歌谣的意见。序云：

> 儿之有知而能言也，皆有歌谣以遂其乐，群相习，代相传，不知作者所自，如梁宋间《盘脚盘》《东屋点灯西屋明》之类。学焉而于童子无补，余每笑之。夫蒙以养正，有知识时便是养正时也。是俚语者固无害，胡为乎习哉？……

书后云：

> 小儿皆有语，语皆成章，然无谓。先君谓无谓也，更之；又谓所更之未备也，命余续之，既成刻矣；余又借小儿原语而演之。语云，教子婴孩。是书也诚鄙俚，庶几乎婴孩一正传哉！……

他们看不起儿童的歌谣，只因为“固无害”而“无谓”，——没有用处，这实在是绊倒许多古今人的一个石头。童谣用在教育上只要无害便好，至于在学术研究上，那就是有害的也很重要了。序里说仿作小儿语，“如其鄙俚，使童子乐闻而易晓焉”，却颇有见地，与现在教育家反对儿童读“白话浅文”不同，至于书后自谦说："言各有体，为诸生家言则患其不文，为儿曹家言则患其不俗。余为儿语而文，殊不近体；然刻意求为俗，弗能。"更说得真切。他的词句其实也颇明显，不过寄托太深罢了。

《演小儿语》共四十六首，虽说经过改作，但据我看去有几首似乎还是"小儿之旧语"，或者删改的地方很少。今举出数篇为例。

九

鹦哥乐，檐前挂，

为甚过潼关，终日不说话。

二五

讨小狗，要好的。

我家狗大却生痴，不咬贼，只咬鸡。

三八

孩儿哭，哭恁痛。

那个打你，我与对命，

宁可打我我不嗔，你打我儿我怎禁。

四一

老王卖瓜，腊腊巴巴。

不怕担子重，只要脊梁硬。

我说这些似是原来的儿歌，本来只是猜想；从文句上推测，又看他解释得太迂远了的时候，便觉得其中当含着不少的原有分子，因为如果大经改作，表示意思必定更要晓畅。大约著者想要讲那“理义身心之学”，而对于这些儿童诗之美却无意的起了欣赏，所以抄下原诗而加上附会的教训，也未可知。我读那篇书后，觉得这并非全是幻想。

我们现在把那四十六首《演小儿语》，转录在北大《歌谣周刊》上面，或者于研究歌谣的人不无用处，并希望直隶河南山西陕西各处的人见了书中的歌，记起本地类似的各种歌谣，随时录寄。《演小儿语》虽经过改作，但是上半，至少是最初两句，都是原语，所以还可以看出原来是什么歌，如“风来了，雨来了”也在里面，只是下半改作过了。从这书里选择一点作儿童唱歌用，也是好的，只要拣取文词圆润自然的，不要用那头巾气太重的便好了。

（一九二三年四月）

读《童谣大观》

一

现在研究童谣的人，大约可以分作三派，从三个不同的方面着眼。其一是民俗学的，认定歌谣是民族心理的表现，含蓄着许多古代制度仪式的遗迹，我们可以从这里边得到考证的资料。其二是教育的，既然知道歌吟是儿童的一种天然的需要，便顺应这个要求供给他们整理的适用的材料，能够收到更好的效果。其三是文艺的，“晓得俗歌里有许多可以供我们取法的风格与方法”，把那些特别有文学意味的“风诗”选录出来，“供大家的赏玩，供诗人的吟咏取材”。这三派的观点尽有不同，方法也迥异，——前者是全收的，后二者是选择的，——但是各有用处，又都凭了清明的理性及深厚的趣味去主持评判，所以一样的可以信赖尊重的。

上边所说的三派，都是现代对于童谣的态度，但在古时，却有一派的极有势力的意见，那便是五行志派。《左传》庄五年杜注云：

> 童龀之子，未有念虑之感，而会成嬉戏之言，似或有冯者。其言或中或否，博览之士，能惧思之人，兼而志之，以为鉴戒，以为将来之验，有益于世教。

《晋书·天文志》又云：

> 凡五星盈缩失位，其星降于地为人。荧惑降为童儿，歌谣游戏，吉凶之应随其众告。

这两节话，可以总括这派学说的精义，虽然因为可“以为鉴戒”的缘故，有好些歌谣得以侥幸的保存在史书里，但在现代，其理论之不合原是很了然的了。我在民国二年所作的《儿歌之研究》里，曾有一节说及这个问题：

> 占验之童谣实亦儿歌一种，但其属词兴咏，皆在一时事实，而非自然流露，泛咏物情，学者称之曰历史的儿歌。日本中根淑著《歌谣字数考》，于子守歌以外别立童谣一项，其释曰：“……其歌皆咏当时事实，寄兴他物，隐晦其词，后世之人鲜能会解。故童谣云者，殆当世有心人之作，流行于世，驯至为童子所歌者耳。”中国

童谣，当亦如是。儿歌起源约有二端，或其歌词为儿童所自造，或本大人所作而儿童歌之者。若古之童谣，即属于后者，以其有关史实，故得附传至于今日，不与寻常之歌同就湮没也。

童谣并不是荧惑星所编，教给儿童唱的，这件极简单的事，本来也不值得反复申说。但是我看见民国十一年出版的《童谣大观》里还说着五行志一派的话，所以不禁又想起来了。该书的编辑概要里说：

童谣随便从儿童嘴里唱出，自然能够应着气运；所以古来大事变，往往先有一种奇怪的童谣，起始大家莫名其妙，后来方才知道事有先机，竟被他说着了。这不是儿童先见之明，实在是一时间跟着气运走的东西。现在把近时的各地童谣录出，有识见的人也许看得出几分将来的国运，到底是怎样？

在篇末又引了明末“朱家面，李家磨”的童谣来作例证，说“后来都一一应了”。这样的解说，不能不算是奇事怪事。什么是先机？什么是一时间跟着气运走的东西？真是莫名其妙。虽然不曾明说有荧惑星来口授，但也确已说出“似或有冯者”一类的意思，而且足“以为将来之验”了。在杜预注《左传》还不妨这样说，现代童谣集的序文里，便决不应有。《推背图》《烧饼歌》和“断梦秘书”之类，未尝不堆在店头，但那只应归入“占卜奇书类”中，却不能说是“新时代儿童游戏之一”了。

我对于《童谣大观》第一表示不满的，便是这五行志派的意见，因为这不但不能正当理解儿歌的价值，而且更要引老实的读者入于邪道。

二

《童谣大观》中共收各县歌谣四百馀首，谜语六十五则。所录四十县排列无序，又各县之歌亦多随便抄撮，了无组织，如浙江一二县既已前出，而象山永康复见卷末，象山的六首又尽是占日月风雨者，这都是编辑粗疏的地方（篇中北方歌谣极少，只是囿于见闻，还不足为病），但是总可算作歌谣的一种长编，足以供我们的参考。

不过这里有一个疑问，便是这里边所收的歌词是否都可信赖。别处的我不知道，只就绍兴一县的来检查一下罢，《大观》中所收二十篇内，除《狸》《客人》及《曹阿狗》三首外，其馀均见范啸风所辑的《越谚》中，注解和用字也都仍范氏之旧。范氏辑此书时，在光绪初年，买圆糖炒豆招集邻近小儿，请他们唱歌给他听，所以他所录的五十几首都是可信的儿歌，虽然他所用的奇字未免有穿凿的地方。《曹阿狗》和《客人》未见著录，《客人》当系“喜鹊叫，媒人到”的一种变体。我所搜集的儿歌中有这一章，与《曹阿狗》同属于“火荧虫夜夜红”一系者。

爹杀猪吊酒，
娘上绷落绣。
买得个楼，
上种红菱下种藕，
四边插杨柳，
杨柳底下种葱韭。

末三句二本几乎相同，所以这或者可以说是《曹阿狗》的一种略本，但在艺术上却更占优胜了。

《狸》这一篇并不是现代绍兴的儿歌。原文如下：

狸狸斑斑，跳过南山。
南山北斗，猎回界口。
界口北面，二十弓箭！

据《古谣谚》引此歌，并《静志居诗话》中文云：“此余童稚日偕闾巷小儿联臂踏足而歌者，不详何义，亦未有验。”又《古今风谣》载元至正中燕京童谣云：

脚驴斑斑，脚踏南山。
南山北斗，养活家狗。
家狗磨面，三十弓箭。

可知此歌自北而南，由元至清，尚在流行，但形式逐渐不同了。绍兴现在的确有这样的一首歌，不过文句大有变更，不说“狸狸斑斑”了。《儿歌之研究》中说：

> 越中小儿列坐，一人独立作歌，轮数至末字，中者即起立代之。歌曰：
>
> “铁脚斑斑，斑过南山。
>
> 南山里曲，里曲弯弯。
>
> 新官上任，旧官请出。”

此本决择歌（Counting-out rhyme），但已失其意而成为寻常游戏者。凡竞争游戏需一人为对手，即以歌决择，以末字所中者为定。“其歌词率隐晦难喻，大抵趁韵而成。”所以把这一首“狸狸斑斑”当作现代绍兴的儿歌，实在是不妥当的。照上边所说的看来，他的材料未尝不可供我们参考之用，但是因为编辑很是粗疏，所以非先经过一番审慎的厘订，不能轻易采用。

此外关于印刷上，当然还有许多缺点，如抄写的疏忽（在两页书上脱落了两处），纸墨的恶劣，在有光纸的石印书原是必备的条件，或者可以不必说了。我所看了最不愉快的是那绣像式的插画，这不如没有倒还清爽些。说起这样插画的起源也很早了，许多小学教科书里都插着这样不中不西，毫无生气的傀儡画，还有许多的“教育画”也是如此。这真是好的美育哩！易卜生说：“全或无。”我对于中国的这些教育的插画也要说同样的话。

《绘图童谣大观》于我们或者不无用处，但是看了那样的纸墨图画，——即使没有那篇序文，总之也不是我们所愿放在儿童手里的一本插画的儿歌集。

（一九二三年三月）

读《各省童谣集》

《各省童谣集》第一集，朱天民编，商务印书馆发行，本年二月出版，共录歌谣二〇三首，代表十六省。中国出版界的习惯，专会趁时风，每遇一种新题目发现，大家还在着手研究的时候，上海滩上却产出了许多书本，东一部大观，西一本全书，名目未始不好看，其实多是杜撰杂凑的东西，不必说他的见解，便是其中材料也还不能尽信。在歌谣搜集这一件事上，当然也逃不出这个公例，我们前回介绍过的《童谣大观》，即是一例。《各省童谣集》比那些投机的“有光纸本”要胜一筹了，因为不但印刷更为上等，材料也较为确实，还没有抄引古书当作现代儿歌的情事，虽然异同繁简是不能免的。即如五十五页的《拜菩萨》，据我所知道，末尾还有五句，范啸风的《越谚》里也是如此，现在却没有，倘若不是编者故意删去，那必定所录的是不完全本了（虽然全文与范氏本是一样的）。其中还有“松香扇骨”原系扇坠，“竹榻”原是竹踏。因为我不知道绍兴向来有松香骨的扇，而田庄船里也决放不下竹榻。又五十四页的《新年》云：

新年来到，糖糕祭灶。
姑娘要花，小子要炮，
老头子要戴新呢帽，
老婆子要吃大花糕。

我们据文字上判断起来，当是华北的儿歌，但这里却说是浙江奉化；或者在浙东也有同样歌谣，我不敢妄断，但总有点怀疑，希望有奉化的朋友来给我们一个解答。

其次，我觉得歌谣上也颇有修改过的痕迹。本来纪录方言是很困难的事情，在非拼音的汉字里自当更是困难，然而修改也不能算是正当的办法。上边所说《拜菩萨》一首里，便改了好几处，如“这样小官人”原本是“ㄍㄚㄍㄛ小官人”——范氏写作“概个”，意云这样的一个童男，经集里改作国语，口气上就很不同了。又七十五页浙江新昌歌谣云，“明朝给你一个冷饭团”，新昌的事情我不十分明白，但是同属一府，所以也知道一点，我想新昌大约不用

"给"字的，疑系改本。大凡一种搜集运动初起，大家没有了解他的学术上的意义，只着眼于通俗这一点，常常随意动笔，胡乱"校订"，这些事在外国也曾有过，如十八世纪英国伯西主教（Bishop[①] Percy）所编的《古诗遗珍》，即是一例。虽然说这些书或者原为公众或儿童而编的，未始不可以作为辩解，但在学术的搜集者看来不能不说是缺点，因为他们不能成为完整的材料，只可同《演小儿语》仿佛，供检查比较的备考罢了。

以上说的是歌谣本身，现在关于注解一方面说几句话。这第一集二百首歌的后面，都有一条注解，足以见编辑者的苦心，但是其价值很不一律，大略可以分作三类。第一类是应有的，如注释字义，说明歌唱时的动作等，为读者所很需要的小注。第二类是不必有的，如题目标明"秃子"，而还要加注"这是嘲笑秃子的意思"，未免重复了。但这还是无害的。第三类是有不如无的注，看了反要叫人糊涂起来。其中又可分为两种，其一是望文生义，找出意思；其二是附会穿凿，加上教训。至于有几处咬文嚼字，讲他章法如何奇妙，那种贯华堂式的批语，自从悟痴生的《天籁》以来已经数见不鲜，可以不算在里边了。

野麻雀，就地滚。
打的丈夫去买粉。
买上粉来她不搽，
打的丈夫去买麻。
买上麻来她不搓，
打的丈夫去买锅，
买上锅来她嫌小，
打的丈夫去买枣，
买上枣来她嫌红，
打的丈夫去买绳。
买上绳来她上吊，
急的丈夫双脚跳。

这明明是一首滑稽的趁韵歌，不必更加什么说明，集中却注云，“形容不贤的妇女，不知道自己不好，对于别人，总不满意”，不知是从哪里看出来的。

乌鹊叫，客人到。
有得端来哈哈笑，
无得端来嘴唇翘。

注云：“使小孩知道接待宾客，须要十分周到。”

小老鼠，上灯台。
偷油吃，下不来。
吱吱，叫奶奶，抱下来。

注云：“将老鼠作比，意思要儆戒小儿不可爬得很高。”

鹞儿放得高，
回去吃年糕，
鹞儿放得低，
回去叫爹爹。

注云：“这首歌谣，大约是鼓励儿童竞争心。”

哏哏哏，骑马到底塘。
底塘一头冲[②]，
直落到花龙。
花龙一条堰，
转过天医殿。

注云：“鼓励小儿骑马，有尚武的精神。”

泥水匠，烂肚肠。
前讨老婆后讨娘，
还要烧汤洗爷爷。

注云：“这首歌谣都是颠倒话，实在要教小儿知道尊卑的辈分。”

大姑娘，乘风凉，
一乘乘到海中央。
和尚捞起做师娘，
麻筛米筛抽肚肠。

注云："劝年少女子不可无事出外游玩。"

我本不预备多引原文去占篇幅，但是因为实在妙语太多，极力节省，还引了七节。大抵"教育家"的头脑容易填满格式，成为呆板的，对于一切事物不能自然的看去，必定要牵强的加上一层做作，这种情形在中国议论或著作儿童文学的教育家里很明白的可以看得出来。他们相信儿歌的片词只字里都含有一种作用，智识与教训；所以处处用心穿凿，便处处发见深意出来，于是一本儿童的歌词成为三百篇的续编了。我真不解"哴哴哴，骑马到底塘"何以有尚武的精神，而"泥水匠烂肚肠"会"教小儿知道尊卑的辈分"，如不是太神妙便是太滑稽了。中国家庭旧教育的弊病在于不能理解儿童，以为他们是矮小的成人，同成人一样的教练，其结果是一大班的"少年老成"，——早熟半僵的果子，只适于做遗少的材料。到了现代，改了学校了，那些"少年老成"主义也就侵入里面去。在那里依法炮制，便是一首歌谣也还不让好好的唱，一定要撒上什么应爱国保种的胡椒末，花样是时式的，但在那些儿童可是够受了。

总之这童谣集的材料是可取的，不过用在学术方面，还须加以审慎的别择；用在儿童方面，则上面所说的注释都非抹去不可，不然我怕是得不偿失的。

集后有吴研因君的一篇序文，据他说是在那里“丑诋新诗”，颇多奇妙话，本来也想加以批评，但是因为系别一问题，所以在这里就不多说了。

（一九二三年五月）

【锺校】

①“Bishop”原作“Bishoy”。

②“冲”原作“撞”。

图书在版编目(CIP)数据

谈龙集/周作人著作;锺叔河编订.—长沙:岳麓书社,2019.1(2022.7重印)

ISBN 978-7-5538-0852-9

Ⅰ.①谈… Ⅱ.①周…②锺… Ⅲ.①散文集—中国—现代 Ⅳ.①I266

中国版本图书馆CIP数据核字(2017)第320245号

TAN LONG JI

谈龙集

周作人著作　锺叔河编订

特约编辑:鄢　琨

责任编辑:蒋　浩

责任校对:舒　舍

书籍设计:风格八号

岳麓书社出版发行

地址:湖南省长沙市爱民路47号

直销电话:0731-88804152　0731-88885616

邮编:410006

版次:2019年1月第1版

印次:2022年7月第3次印刷

开本:787mm×1092mm　1/32

印张:7.125

字数:115千字

印数:7 001—9 000

书号:ISBN 978-7-5538-0852-9

定价:24.00元

承印:长沙鸿发印务实业有限公司

如有印装质量问题,请与本社印务部联系

电话:0731-88884129